王安憶作品集④

閣樓

王安憶·著

目次

導讀

蓬門未識綺羅香

范銘如

在大陸當代作家群中，創作成績斐然的王安憶著實讓人無法忽視她的存在。從傷痕、改革到尋根，以及後來的先鋒、新寫實與新歷史，王安憶莫不以熾盛的創作力掌握新時期的每一次文學脈動。只是，見識過王安憶在九〇年代操演家國歷史的想像能力之後，再回顧她寫於八〇年代的作品，還眞讓人有種返璞歸眞的況味。收在《閣樓》裡的五個短篇小說，〈閣樓〉、〈悲慟之地〉、〈人人之間〉、〈阿蹺傳略〉以及〈阿芳的燈〉，適足以見證王安憶文學在迎向絢爛前的素雅印跡。這些作品寫於八〇年代中期，正是反思、改革以及尋根等一連串文學主題持續發揮效應的階段。小說主要白描大陸歷經文革後的人民生活變貌，不僅帶有知青小說暗訴心境的歷史意味，並且進一步探索複雜幽微的人性，直視平實而卑微的生存本質。文章在平鋪直述中略帶感傷，字裡行間滿是作者誠摯質樸的情感。

〈閣樓〉描寫一位執著於節源研究的科技人才，爲了宣導上海市民採用他苦心研究出來的省煤鍋爐而四處奔走。從機關部門到街坊巷弄，他越是大力推廣就越是遭到拒絕、處處碰壁。所有的人都當他苦心研究的成果如魔術表演一般來觀賞，要不是隨便敷衍打發他離開，便是貪小便宜地爭食那自省煤鍋爐煮出來的白米飯。做實驗需要白米、宣導省煤鍋爐也需要白米，直到家裡飯桌上餐餐開出稀薄的粥，這位集理想主義與英雄主義於一身卻不事生產的主角方才覺悟，開始思索生存之道。但是他除了科技研發之外什麼都不會做，只好在家中庭院種起瓜苗，希望藉瓜果度日。結果，瓜果不僅裹不住全家飢腸轆轆的肚腹，我們的主角也因爲失去理想奮鬥的目標而日顯憔悴。更糟的是，他爲了取信眾人而隨意亂發的鍋爐製造圖，竟被不肖者盜用，製造出劣質品在市面上販售。我們這位完全不求圖利只爲推動理想的主角，最後還是擇善固執地選擇沿鄉挨鎮地繼續宣導他節約能源的理念。

〈閣樓〉旨在熱情謳歌一位有理想的改革人物，同時呈現文革甚至更早之前即已形成的社會問題，揭示舊的政治、經濟體制與現代化的矛盾。小說最引人思量玩味處，在於主角擺盪在現實與理想、個人與民族之間的種種衝突，也正因爲如此，使得文本裡洋溢著改革的豪情壯語淖入「獻身」抑或「陷身」的曖昧弔詭之中。整體而言，〈閣樓〉雖然在寫作上稟承熱情希望的理念，但是在藝術表現上不免依循改革/守舊的敘述框架來開展情節，小說人物也必然是塑造成理想英雄/蠻迂落伍者的對立，流於現實主義文學傳統的刻板印象。

〈悲慟之地〉描述幾位從山東鄉下第一次進到上海大城來的年輕人，因爲片面的判斷而誤以爲上海民生急需大量的薑，因此懷著發財夢、擔著大批的薑進城準備大發利市。結果，不但薑賣不出去，同行幾人猶如誤入叢林般地在上海鬧區裡逡巡穿梭，其中一位更墜樓而死。王安憶精準深刻地掌握了開放後的中國農民，面對強烈的城鄉差距所產生的內心衝突與騷動。上海飯館裡多油多糖多味精的菜肴，讓這幾個鄉下進城來的年輕人「吃得後腦勺一陣酥麻」；從來不曾喝過的汽水刺激著眾人的味蕾，熙來攘往的城市街道、大排長龍的車陣、打扮入時的人群以及如進迷宮的百貨公司……無一不令他們驚奇興奮、遲疑不安甚至擔憂恐懼。小說雖然隻字未提，但是卻藉由這幾個鄉下青年的心情變化起伏，表現出對農鄉生活某種程度的懷念。

〈閣樓〉與〈悲慟之地〉暗暗流露知青作家自況心境的歷史痕跡。那些曾經懷想著打造理想中國山河的衝動、一古腦兒投入艱辛的勞動歲月的文革知青們，一旦從農村回流到城市，面對新環境、新情勢，如何能不觸動他們回顧自身的下放經驗，進而反思個人與歷史之間的意義？這兩篇小說顯然是王安憶爲了捕捉她那一輩知青在重新感覺世界時的悸動紀錄。只是令人感到美中不足的是，兩篇文章同時出現收束不當的問題。小說在作者過度消耗其敘述張力以及過度考驗讀者的閱讀耐力的情況下反覆述說，一路迤邐的結果導致枝蔓雜遝，最後只得鬆軟收場。當然，我們也可以將之視爲王安憶綿密敘述的寫作風格，由此窺見她日後駕馭長篇的鋪陳潛力。

延續前兩篇對於歷史與家國議題的關注，王安憶在〈阿蹺傳略〉裡不但有更精微的辯證，並且將觀察觸角延伸到人性的灰暗地帶。小說描述主角阿蹺因爲身體先天上的殘疾，所以一直活在外界「平等」的「差別待遇」裡，最後卻意外地在一場專注認眞的走路過程中，贏得他生平第一次最眞誠的尊敬與尊嚴。故事裡阿蹺深知如何讓別人對他處處遷就忍讓，然而這樣的匱缺/優勢卻導致他變成一個十足的無賴。阿蹺的鄙瑣與無奈、自卑與狂傲，小說寫來細膩深刻，讀者看來自是可以給予理解和同情。只是王安憶在摹寫晦澀人性與複雜心理的同時，巧妙地交織了歷史與個人關係的辯證，行文間不斷蠢蠢欲動的是她那背後更大的創作意圖。王安憶在這篇小說中仍意藉誇大男主角因殘缺的生命所造就的「傳奇」，進一步反諷文革政策的錯誤以及荒謬。文本勾畫出一個變形的環境對純良人性所造成的扭曲與斲傷。故事最精采處就在末尾，作者安排主角如嬰兒般搖搖晃晃地走向演講台的學步過程，不僅是跛腳阿蹺贏得所有人的注目與掌聲，更是象徵開放後的中國的新生/重生。

相較於前面幾篇的宏偉企圖，〈人人之間〉與〈阿芳的燈〉看似素樸，卻貼近生命最實在而敏感的層次。前者描述一個頑劣小學童與一位溫呑的小學教員，兩人彼此乍暖還寒的情誼交流；後者倒像是一篇恬適的散文，透過敘述者「我」娓娓托出一股平穩紮實的生命力。儘管文本的篇幅較短，但是讀來家常厚實。王安憶寫人與人交往的微妙關係、寫綿密不盡的奮鬥生活……不論這些是如何地瑣碎卑微，都是無數升斗小民莫可迴避的人生陣仗。這兩篇作品表現出作家對生命以及人性等永恆課題的碰觸與思索，流露她對現實環境的細膩觀察與複雜人性的好奇探究。

這種特別是強調人道主義作爲反文革歷史敘事的文學美學視點，對台灣讀者而言或許不足爲奇，但卻是一代中國人撫慰精神創傷的重要療劑。卸下「英雄」看板，戳破「神話」迷咒，新時期文學最難能可貴處便是在平實人生中開採眞摯動人的生命情調。八〇年代在開始熱切伸展生命觸角的文學潮流裡，王安憶的作品也一一體現了各種試探摸索的痕跡。收在這本集子裡的也許不是王安憶最優秀的作品，卻可以看到一位筆耕不輟的作家在創作歷程中的轉折。對於喜歡王安憶的台灣讀者而言，這些罕爲人知的少作，當是通盤了解作者文學風貌的補遺。

（本文作者爲淡江大學中文系教授）

閣樓

細細的青煙從爐子裡裊裊升起，
紅紅的火苗跳躍著，舔著烏黑的鍋底，
他幾乎是趴在了樓板上，大睜著兩眼，注視著那燃著的柴爿。
火苗像鳥停在樹枝上似的停在柴爿上，很慢地移動著。

1

馬路上，慢慢地圍了一圈人，吸引著行人停了腳步，踮著腳往裡看，一邊問道：「做什麼的？」都不理睬，沉默著。人圈的中心有一個人，正埋頭勤勤懇懇地生一個小小的煤爐。

「做什麼到馬路上生煤爐？」有人問道。

沒有人回答，都只露出疑惑神色。於是，人圈越圍越大，圍在外層的根本看不見什麼，也不灰心，依然站著，企望裡面能傳出一點消息。

那人把煤爐捅乾淨了，然後從包裡取出一枚絕無任何奇處的煤球，放在一桿中藥房用來稱草藥的小秤上稱好，慢慢地走動一圈，讓人看那秤星，並說道：「七錢整。」最裡圈的人便伸長頭頸去辨認微小的秤星，雖看不明白，卻都點頭：「七錢，七錢。」聲音一層一層往外傳：「七錢，七錢的一只煤球。」

那人放下煤球，又掏出兩塊木柴，放在玩具般的秤盤上，走動著讓人看：「一兩。」

「一兩。」「一兩。」「一兩柴爿。」人們向外傳達。

木柴放下，他繼而摸出一只米袋，用一只空聽頭量了滿滿的一斤米，用手指頭刮平，說：

「這是一斤米。」生怕人不相信，又用另一桿普通的秤稱，然後倒進一只鋼精鍋內，從身後拿出一只水瓶，拔開塞頭，將水倒進鍋裡，細細淘了一遍，將水倒了。水慢慢地爬開去，要淹前排人的鞋子，前排人便躲讓，後排人則乘虛而入，擠了上前，亂了一陣。他又倒入適量的水，放在一邊，說道：「七錢的一只煤球，一兩拔火柴，可以燒熟一斤米。」說罷，慢慢地轉了頭觀察大家的表情，被他看著的人有些難堪，別轉了頭。後排的人便從那讓出的空檔裡觀察那人。

他是矮矮墩墩的一個人，抑或四十歲，抑或五十歲，微胖，微黃，眼圈大而眼球小，看人時，眼黑向上，底下露出一線魚肚色的眼白。身穿一件中式的布襖，雖陳舊，漿洗得還整潔，腳上是一雙白跑鞋，中學生愛穿的那種。

「做什麼，做什麼？」有人一往無前地往裡擠，硬被人的肩膀頂住了。

「做什麼呢？」他委屈地叫道。

「變戲法，變戲法。」有人不耐煩地回答。自後，凡有人問：「做什麼？」就有了話回答：「變戲法呢！」大家互相傳告。

柴爿燒燙了，升著白煙，他緊盯著爐口，用一把細鉗子撥弄了一會，就把飯鍋坐了上去，再用一把小扇子輕輕地扇。那些爿燒出一股直直的火，直衝鍋底。這時，便聽鍋裡有些響動。他端下鍋，將那一枚七錢重的煤球放入進去，重新坐上飯鍋。

鍋大響，眼看要蹚，他及時揭了鍋蓋，半掩著，由它翻滾，翻滾了幾分鐘，水將乾未乾之時，他便蓋嚴了鍋蓋。此時，火力也慢慢削弱，柴爿漸成灰燼，煤球則是通紅的一團，烤著鍋底，那通紅的一團慢慢、慢慢地黯淡，剩下半邊的通紅，最後，連半邊也沒了，只剩一團淡紅色的灰，飯也好了。

「夾生飯吧！」有人叫道。

他很沉著地揭開鍋蓋，摸出一雙竹筷，挑起一團飯粒兒放進嘴裡，吃給大家看了。再將飯鍋遞給最近處的一個男人，那男人稍作矜持狀便接了過來，吃了一口，又交給了第二人，隨後是第三人，第四人，慢慢地亂了套，七八雙手爭奪著筷子，更有甚者，連筷子也不要了，直接從鍋裡抓了飯。

飯是很熟的，毋庸置疑。

他看著大家爭相品嘗的熱烈情景，露出了欣慰的笑容。

待到一只空鍋乾乾淨淨地回到他的手上，他發言了：

「本人姓王，有志於祖國的節能事業。目前，已經研究出民用煤球爐，一只七錢重的煤球和一兩拔火柴，可燒熟一斤米。同時還在進行柴爐的研究，將地方煤、石鹼煤燒出北方煤的水平，可用於工業。本人最高的目標，則是植物能源的研究。如有單位有心製造民用節煤爐，或者有心合作進行節煤研究，請到虹橋路一一一八弄三十四支弄三號，與本人接頭。」

「做什麼？賣藥的嗎？」有新到的人擠著問道。

「變戲法，變戲法。」人們回答，慢慢地走散，把位子讓給新到的觀眾，第二輪演出又開始了。

有熱心人幫他稱煤球，量米，扇風。他連聲說道：「不敢，不敢。」「這有什麼要緊，互相幫助嘛！」熱心人硬要幫忙。他便謝他：「謝謝，謝謝。」趁此機會摸出手絹擦去額頭上的汗，手絹疊得四方四正，清清爽爽的。

「這只爐子很好的噢！」那人說。

「你想，一只爐子算它一天節約一斤煤，全國這麼多份人家，這麼多只爐子，上海雖然有煤氣，也不是家家都有呀！」他說。

「這筆帳不算不曉得，一算嚇一跳啊！」

「煤越用越少，是要用光的。煤裡面有四百多種化學元素，日本能夠提煉四百多種，上海只能提煉一百多種，外地十幾種都提煉不到。用光了，子孫就沒有啦！我是主張用植物能源，植物是從地裡長出來的，用不光，而且沒有污染，把柴草做成沼氣，自己發生，再做成管道……」他喋喋不休地講，聲音越來越大，大家都聽見，心裡想：「聽他講得倒也有點道理，不像是有神經毛病。」

包圍圈越來越大，蔓延到馬路上去，腳踏車過來只好下了車推，推了幾步就推不動，擠在裡面一道看熱鬧。警察終於看不下去，只好過來干涉了。

「你叫什麼名字？」他皺緊了眉頭問。

「王景全。」他恭恭敬敬地回答。

「家住在什麼地方？」

「虹橋路一一一八弄三十四支弄三號。」

「你是在做什麼呢？」

「我是向大家宣傳，這是一只民用節能煤爐，一只七錢的煤球，一兩拔火柴，可以燒熟一斤米。」

「你妨礙了交通，曉得𠵭？」

「我在上街沿，又沒有到馬路當中去。」他也嚴肅了起來，回答道。

「快點搬場，快點搬場！」警察講。

「讓他這鍋飯燒好！」大家都說。

警察見群眾呼聲很高，就只好自己搭了只台階下了：「給你五分鐘搬場，過五分鐘不搬就不客氣了。」

幸好飯很快熟了，熱心人幫他搬了地方，搬到一條弄堂裡去，重新擺開了攤頭。開始有些冷清，幾分鐘過去，就又熱鬧起來，層層疊疊地圍成人圈。有個穿人民裝幹部樣子的人擠到他跟前，說道：

「王同志，你的想法，我聽聽是很有價值的，何必這樣在馬路上擺攤頭，應該到有關部門去才好。」

「同志，我老實講給你聽，我寫出去的信有一二百封，各個部門都寄去過了，中央、市委、區委、工業部、手工業部、煤炭部、《科學技術》雜誌社……好比石沉大海，杳無音訊。」說著，便從口袋裡摸出一封藍印紙複寫的信遞給他看。

那位同志從袋裡掏出老花眼鏡戴上，很認眞地逐字逐句地看起來，信倒寫得簡要，大概內容是，他製造出了許多許多爐子，能大大地節煤。文字下面還附有幾幅圖紙，很多人湊過頭去看，幾乎搶起來，他不慌不忙地道：「不要爭，不要急，我這裡還有。」說著，又從口袋裡掏出一疊，發了下去。

人走散一群，又聚攏一群；飯，燒熟一鍋又吃光一鍋。直到夕陽西下，他才收拾起家什，一根扁擔挑走了。馬路上照舊熙熙攘攘，人來車往。他心裡忖度著：宣傳了這許久，總會有人重視吧！譬如那位熱心幫忙的人；還有那幹部模樣的人，弄得巧是個大官。古往今來，微服私訪的故事多得很，爲何人人都可遇得，偏偏我王景全就遇不得呢！他心裡慢慢地滋生出希望，穩步穿行在人群中，就這麼一直走到四十八路車站，趁著高峰即將到來前的空檔，上了一部不擠的車子。車子開過一條一條馬路，逐漸冷清下來，路邊的高樓洋房逐漸矮下去，最後出現了一塊塊的菜地。終點到了，他下車整理整理家什，肩上扁擔，慢慢地走了。

太陽落到底，停了半輪在西邊一畦菜地上。天暗了，朦朦暮色中，還看得見有粉黃的蝴蝶在油菜花上飛。風吹過來，甜津津的。他漸漸地走進一條狹長的弄堂，兩邊全是平房，或者自家搭的兩層小屋，圈著矮矮的竹籬笆，種種花，或者種種菜，搭了幾架絲瓜棚。

「王家伯伯，回來啦？」有人喊他。

「回來了。」他微微笑著回答。

「我家的煤爐今天兩只半煤球才燒好晚飯了。」有人告訴他。

「可能是你技術上還有問題吧！」他微微笑道。

「王家伯伯，我家裡的煤爐晚飯燒了七八只煤球呢！」又有人說。

「我吃好晚飯就來看看。」他答應著，慢慢向家裡走去。

他走到一圍黑色籬笆跟前，推開一扇鐵皮門。門裡是一幢兩層的磚木結構小樓，雖已朽，卻還顯出不凡的氣派。門前有幾級台階，門楣很高，窗戶也寬大。他走上台階進了門，客堂裡已經擺好了飯桌，女人和孩子都等著。看他進來，就坐直了身子開始盛飯。女人將溫在熱水裡的黃酒端上了桌。

「還好吧？」女人撿了一雙筷遞給他，問道。

「蠻好。」他回答，接過筷，將碗裡的肉，依次搛給五個小孩，最後才給自己，對女人只說道，「你自己搛。」

「我曉得搛的。」女人說，低下頭就划飯，不再說話。

吃了一會兒，他問道：「阿大，今天在學堂裡好不好？」

「好的。」阿大回答。

「阿二呢？」他問道。

「也好的。」阿二回答。

然後便阿三、阿四依次問下去，一直問到阿五：「在家裡乖不乖？」

又吃了一會兒，他說道：「今天，有個幹部樣子的人，問我話了。」

女人一驚：「你說什麼犯規的閒話了？」

「沒有，是他自己搭訕上來的。」他解釋。

女人這才安心，低下頭去繼續划飯。

「他說我的工作是很有價值的。」

「噢。」女人答道。

「他叫我到有關部門去聯繫。」

「那你去啊！」女人說。

「等到禮拜六下午，阿大學堂沒有課了，跟我一道去。」

「阿大，禮拜六下午，幫爹爹扛了家什一道去。」女人囑咐道。

「噢。」阿大答應。

吃好飯，孩子們從桌邊散去，女人收拾起碗盞，一邊告訴他：「七號裡阿姆家爐子不大煬了，想叫你去弄弄。」

「她和我講過了。」他回答，坐了一會兒，便起身去了。

天已經墨黑，月亮還沒出來，他在台階上立了一會兒，嗅嗅含著點糞臭的清新空氣，看看空曠的院子前一欄黑色的竹籬笆，籬笆已經稀疏，要倒的樣子。「什麼時候空了，要好好修一修。」他想，便要舉步走下台階。這時，月亮陡地升起，極其光輝的一輪，照亮了大地，那小樓與籬笆的陰影卻異常地漆黑起來，投在銀白的地上。

2

不到禮拜六，禮拜四的上午，阿大的級任老師生病，調課，放了半天假。他就與爹爹扛著一只煤爐，還有煤球、柴禾、米，出門了。一部四十八路從西邊一逕乘到東邊，到了外灘。爺倆個穿過馬路往手工業管理局去了。走到門口，就叫傳達擋住了，問他們討介紹信，他們自然是沒有，只有阿大的一只學生證，也不好作數。

「我們是爲了技術革新的事情來這裡聯繫工作的呀！謝謝你讓我們進去吧！」王景全求

他。

傳達笑嘻嘻地抬起手，朝馬路對面的江邊一指：「那麼多人要是都講他們是搞技術革新的呢。」

他一呆，停了一會，又說：「我真的是搞革新，你不相信，我可以表演給你看，一只七錢重的煤球，一兩拔火柴，就好燒熟一斤生米。」

傳達看看他，又看看阿大，再看看那一挑家什，說道：「我沒有時間看你表演，不過既然搞技術革新，爲什麼沒有介紹信？」

「我沒有單位，從什麼地方開介紹信呢？」他說。

傳達一怔，打量著他說：「看看你年紀又不很大，身體也沒什麼毛病，怎麼會沒有單位上班？不會是四類分子，被單位開除出來的吧！」

「我是辭職的呀！」他告訴他。

「辭職，又是爲什爲？」

「爲了技術革新呀！」他說。

阿大說話了：「爹爹是爲了集中精力搞革新才辭職的。」

阿大日日在學堂讀書，聽老師講道理，說出的話比較合時宜，傳達還能理解。看看這爺倆個，實在不像是壞人樣子，只不過那一挑家什齷齪兮兮，十分礙眼。想了一會兒，便高抬貴手，讓他們進去了。

兩人走進大門，走在長長的走廊裡，腳下是滑溜溜冷冰冰的花磚地，兩邊是無數扇門，有的開，有的關，正茫然，聽見有人問話了：

「喂，是做什麼的？」

「怎麼爆炒米花爆到這裡來了？」

他回過頭，只見走廊深處，有個人向他們走來。是個女人，卻邁著男人一樣的步伐，向他們走了過來。他們站在那裡，有點惶惶的，等她走近，才說道：「我們是搞技術革新的，搞的是節能研究……」

不等他說過，那女人就朝他伸過一個平板板的巴掌：「介紹信。」

「我沒有介紹信，因爲我沒有單位……」

「沒有介紹信就請出去吧！」那女人決然果斷，連阿大的解釋也不起半點作用。他們只好別轉身往回走，走廊邊的門開了幾扇，幾個人探出頭來，默默地看著他們走過。

他們走到大門口，那傳達坐在門房裡看報紙，眼睛從報紙上抬起看了一眼，不認識似的。走出大門，阿大便問：

「回去不回去，爹爹？」

「先放下來歇歇。」他回答。

「我不吃力，爹爹。」阿大看爹爹受了氣，討好地說。

「歇歇，歇歇。」他說。

阿大只得放下挑子。

黃浦江上泊了好幾艘輪船，汽笛嗚嗚地叫，叫完長長的一聲，才靜了下來。汽車川流不息，流水一樣開過去。數不清的人從縱深的小馬路裡走出，走向江邊，醒目地間著黃髮白膚的外國人。

「阿大，餓吧？」他問道。

「不餓。」阿大回答。

「我們再去趟市政府好吧？」

「市政府也還是會要介紹信的啊，爹爹！」

「我們是做好事情，做好事情要什麼介紹信呢！」他回答。

阿大便只好跟他去了。

市政府走過去倒不遠，卻要森嚴得多，門口立了兩個解放軍肩著槍站崗。他上前說明來意，那解放軍雖威嚴卻和藹。打了電話進去問，回答說，讓他們去找手工業管理局。有關爐子的事情是屬於手工業管理局的。於是，他們又挑著家什回到了手工業管理局。

「怎麼又來了？」還是那位傳達，奇怪地問。

「是市政府叫我們來這裡的。」他回答。

「市政府的介紹信有吧？」

「沒有，是裡面打電話出來講的。」他回答。

傳達微微笑起來，抬起手，向著馬路對面的江邊畫了一道：「那麼多人要是都說是市政府打電話叫他們來的呢？我也統統放他們進去？」

「我活了這一把年紀，犯不著說謊話騙你的。謝謝你，謝謝你了！」他幾乎要朝傳達磕頭了。

他們終於重新進了大門，走上那條花磚地的走廊，走廊兩邊的門開開閉閉，又伸出幾隻頭來看他們。走了沒幾步，就被人擋住了，問道：「你要找什麼人？」「我們來找負責人。」他回答。「什麼負責人？」人們不由笑了。「負責節煤方面技術革新的。」他回答。人們又笑。

正說笑，不知從哪扇門裡跑出了那個女人，看見他倆，勃然大怒，說道：

「你們怎麼又進來了?」不容回答，又緊接著問，「你們是怎麼進來的?」

「給傳達說好話進來的。」他老實地回答。

「走，走，快點走。」她攤開雙臂，就像轟雞一樣。

「我們是——」他要辯解，卻被她打斷了:

「下次再進來，就不客氣了。」她一邊說，一邊還上前推他。阿大沒見過世面，臉都白了，拔腳就走。他本不想走的，經不住挑扁擔的阿大的猛走，只得踉踉蹌蹌地跟上。那女人一直押送到門口，走出老遠還聽見她在訓斥傳達:「亂七八糟的人都跑了進來，叫大家怎麼辦公!」

走到馬路上，停下腳步，喘了口氣，阿大就有點想哭，熬了熬，沒有哭出來，卻說:「爹爹，我們回家去吧，下午還要上課呢。」

他看看阿大，又看看一挑家什，嘆了口氣，說:「要麼，你自己先回去，吃了中飯上學堂去，爹爹再跑幾個地方。」

阿大一聽，就不響了，過了一會，問道:「爹爹，你還要跑什麼地方?」

他自己心裡原先也是沒有數的，被阿大一問，倒急出來了:

「去市科委。」

阿大再不說什麼，將扁擔繩子理了理，自己先上了肩胛，兩人便往科委去了。

科委的氣氛要隨便多了，傳達室裡雖然坐了一個老先生，卻是一副百事不管的樣子。他們正要上去說話，卻見幾部腳踏車招呼也不打逕直騎了進去，他們便也不打招呼，快步溜過去，那老先生果然連眼皮也沒抬一下。心裡怦怦亂跳了一陣，倒也慢慢地穩下來，只是不知該往何處去。他們漫無目標地在樓裡走，鼓足勇氣推開了一扇門，門裡坐了一個人，問他們做什麼的，他們便說技術革新的。那人就指點他們去隔壁數過去第四扇門。他們一數過去，那門倒是大敞著，裡面有一個年輕人，坐在辦公桌上打電話，腳踏在椅子上，看見他們進來便朝他們點頭，一邊「啊啊」地與電話裡搭訕。他跳下桌子，用肩膀和下巴夾住話筒，拖了兩把椅子給他們坐。他回頭看看阿大，輕聲說：「叫我們坐，就坐吧。」於是都坐了。

年輕人又跳上桌子，「啊，啊」的啊了一會，才掛上話筒。

「同志，」王景全站起來，朝他招呼。

「坐坐，老同志。」年輕人指著椅子說。

聽到這樣親切的稱呼，他眼圈都有點發熱。

「有什麼事情嗎？」年輕人問。

「我們是搞技術革新的。」他穩定了一下情緒，回答道。

「什麼技術革新？」

他一五一十地說了一遍，那年輕人聽得十分專注，兩隻眼睛灼亮地一閃一閃。他的頭又是一熱，說著便動起手來，擺開了攤子，表演起來。先稱一枚煤球，再稱幾塊柴爿，再量米。量好米，就叫阿大去找自來水淘米，阿大出去轉了一圈，沒有找到，最後還是年輕人帶他去廁所間，淘了回來。

一邊等米熟，一邊那年輕人就問他情況。今日碰到這位通情達理的小夥子，眞覺得是遇著了知音，只怕他不問，只要他問，一肚子的話都要對他倒出來。

「老王同志，有這麼好的技術，爲什麼沒有單位上班？」

「我是辭職的呀！」他回答。

「這又是爲了什麼？」年輕人饒有興趣地問。不停地從桌上跳到椅子上，又從椅上跳到桌上。

「你曉得，我是很喜歡技術革新的，我也蠻會技術革新的。」他說。

「在廠裡也可以革新的呀！」

「我在廠裡是搞技術革新的呀，領導也蠻重視我的。」

「蠻好嘛。」

「結果搞僵掉了!」

「怎麼會搞僵的?」

「爲了自動線呀!前幾年,我們廠接到上面的命令,要在四個月裡建立一條生產自動線,這頭鋼條進,那頭軸承就出來,要供全國來參觀的。全廠就開自動化會議,日裡開,夜裡還把主要人員留下來開。大家都講自動化好。我心裡知道是不行的,四個月,做只大餅的自動線都不容易,不要說是軸承的自動線。我是負責全廠技術革新的,我不好說謊話的呀!但是我不敢講,講出來,弄不好要去改造的。廠長很相信我,一定要叫我發言,我只好講了,我總不好明哲保身,我準備去改造了。」他講得起勁,放手讓阿大一個人照料那只爐子,水已經乾了,煤球的餘溫焐著鍋底,快了。

「我講,自動化的好處大家都講了,我就不講了,來講講壞處。大家都拍手。我講,一只機器叫單機自動,單機自動我們廠裡有,是進口的,技術差用不來,一天只能開兩個鐘頭。自動線是要五十幾部單機連起來開,每只單機算它每天拋錨兩個鐘頭,那麼五十幾部單機不會講好了一起生毛病的呀,七上八落,只怕是永遠開不出來。講過了,就散會了。第二天,局長來做報告,你們生產軸承,熱情很不夠嘛!舉個例子,燒牛奶一百度十五分鐘燒好，三百度五分鐘就可以燒好嘛！隨後，我們下面就討論局長的報告，我想，我反正是改造去了，也不怕了，索性瞎講了。我講：牛奶只好燒到八十度，一百度營養就破壞了，三百度，鍋子底也燒掉了。結果，好了，說我反對局長，反對自動線，兩條罪名，把我弄到廣西去，在廣西農機局坐坐辦公室，批批公文。要想再搞技術……」

「爹爹，飯熟了！」阿大叫了。

兩人過來一看，果然飯熟了，嘗了一口，很好。年輕人便回到辦公桌前，抽出一張信紙，開始寫信。他跟著走到辦公桌邊立著，繼續說道：「廣西沒有工廠的，一百千瓦的水輪機是水泥做的，叫我批公文，我也批不來。而且那裡一年八個月是夏天，人總是昏昏沉沉。又碰到自然災害，一個月二十二斤糧，有鈔票也買不到東西吃。人好好坐著，就會倒下來的。一百三十五斤只剩一百斤了……」

年輕人刷刷地寫了一張紙，從抽屜裡摸出只大紅公章，「啪」地一敲，說：「你們到手工業管理局去吧。」

他不覺一怔，停了一會說：「我們就是從那邊給人家趕出來的。」

「有了介紹信，就不會趕了。」他又說，「我幫你打個電話聯繫聯繫。」

他打好電話，他們便默默地收拾東西，然後，第三次走進了手工業管理局。

太陽已經正中，辦公室裡空蕩蕩的，都回去吃中飯了，不回去吃的就搭了椅子在睡午覺。他們便等在走廊裡。

「阿大，肚皮餓吧？」他問。

「不餓。」阿大回答。

「阿大，腳痠吧？」他又問。

「不痠。」阿大回答。

他再想不出什麼話說，就做出很瀟灑的樣子，說：「我到那邊去看看。」

「爹爹，人家會罵的。」阿大膽小地說。

「不會的，爹爹有介紹信了呢！」他說，隨後便背起手向走廊裡邊走去，每走到一扇開著的門口，就伸頭張張，張到一個房間，不當心踢著了門邊的一只痰盂，趴在辦公桌上瞌睡的人驚醒了：

「什麼人？」他警惕性很高地問道。

「我。」他笑嘻嘻地回答。

「做什麼？」

「聯繫工作的。」他坦然地說道。

「一點半上班。」那人說，又埋下了頭。

他從門口踱開，踱完了一條走廊，終覺有點無聊，又慢慢地踱了回來。阿大見爹爹安然無恙地回來，這才心定，卻別轉了頭去，像是不好意思與他對視似的。兩人別著頭等了一會兒，便有沓沓的人來，過了一會，鈴響了。人們腳步匆匆地走過他們身邊，來不及回頭看一眼，都像有著重要的公事等著。直到那個鐵板面孔的女人走過，才說了一聲：

「跟我來。」

他趕快拖了家什，跟上她的腳步，心中暗道，「眞是應了一句老話：『寃家路窄』。」女人面孔板得鐵緊，登登地走到走廊深處的一個辦公室，開門進去。他摸出珍貴的介紹信交給她，她卻不接，也不看，自顧自打起電話來，他只得惋惜地收了回去。她打了一會電話，然後才說：

「等一會。」

等了有二十分鐘的光景，來了兩個男人，那女人的面孔才稍稍鬆動了一點，說：

「這是金屬公司的同志，你有什麼事情講好了。」

他一聽這話像是對自己說的，便上前一步，將來意一五一十講明，一邊講一邊就動手擺開攤頭：稱煤球，稱柴爿，量米，又叫阿大去淘米，阿大有了經驗，逕直去了廁所間，淘了回來，隨後就燒起來。

那兩個人沒說什麼話，注視著爐子。凝視了一會兒，就從口袋裡摸出香菸點上，抽了一口，開始盤問他的製作原理和方法，他一一說了，又摸出圖紙給他們看。他們默默地看著，不再和他說話，偶爾兩人自己說一句什麼，笑笑。過了一會兒，米熟了，煤球也燒盡了。他端起飯鍋，請他們品嘗。每人都拈了一小團，只有那女人不吃，說剛剛吃過飯，吃不下，好像肚裡對他還有氣似的。吃過之後，那兩人的臉上就露出了親切的笑容，有一個說道：

「老同志，你的工作很有意義啊！」

他先是點頭，後又覺不妥，就搖頭，卻說不出話來。

「那麼，你有什麼要求呢？」另一個問道。

他立即回答：「我一不要工作，二不要鈔票，只要求能夠推廣出去。」

兩人相視一眼，臉色更和藹了。

「這是很急的事情啊！煤是很寶貴的，裡面有四百多種元素，日本能夠提煉四百多種，上海能夠提煉一百多種，外地只能提出十幾種。一直用下去，是要用光的，用光了，子孫就沒有了。我是主張用植物能源……」他抓住時機，喋喋不休地說了下去。

那兩人卻打斷了他，說道：「請你將你的姓名地址留一留，有問題我們會去找你的。」

「我可以幫助你們製造和試燒，反正，我在家裡也是搞節煤研究的。」他說。

「有事情，我們會去找你的。」那人又說。

「明天我就過來，看有沒有什麼事情。」他說。

「你不要再來了，有事情我們會去找你。」那人又強調了一遍。

「反正我過來一趟，也很便當，一部四十八路到底呀！」他說。

「叫你不要來了，人家都很忙的。」那女人說話了。

一聽她說話，他便再不聲張了。

爺倆個走出門，上了汽車，到了家，已是黃昏了。阿大誤了半天課，有點發愁不好對老師交代，但是看到爹爹很開心，也不好太露出來了。女人剛剛燒好飯，見他們回來，就問：

「還好嗎？」

「蠻好。」他回答，踏進了廳堂。

3

夜裡，他聽見女人面孔朝裡嚶嚶地在哭。他聽了一會，說道：

「你也不要對著牆壁哭，是不是鈔票又沒啦？」

女人的哭聲停了，停了一會兒，縮了縮鼻子，說：「我沒有哭。」

「我姆媽給你的那對鐲子賣掉算了。」

「倒也沒到這個地步。」女人小聲說。

「那你急什麼？」

「我沒有急。」女人回答，過了一會兒，又說，「這樣坐吃山空，只怕有一天要餓肚子了。」

「不會的。」他說。

「不會就好。」女人說。

過了一會兒，他說：「今天跑得總算有點頭緒了，過兩天，人家就會來找我了。」

「那好。」女人又說，不響了。

風吹過竹籬笆，在院子裡光禿禿的地面上溜著，月光照在雕了花卻殘破了的窗櫺上，老鼠在樓板夾層裡沓沓地奔跑。

他睜著眼睛，一分一秒地等著天亮。似乎天亮了，就會得有人來找他了。這一天，他什麼地方也沒去，也沒有心思做事情。時常立起，到門口張張，又時常坐下，很專心地看報紙。坐倒立起了幾個回合，他便對女人說：

「我到那邊娘娘家裡看看爐子去，假使有人找，你就過來喊我啊！」

「你去好了。」女人應道。

他這才慢慢地走了。到了娘娘家，娘娘還沒有燒飯，他便問了幾句爐子的情況，娘娘都說蠻好。待到娘娘泡來茶要他坐一會的時候，他卻再也坐不安穩，起身就走。先還穩住腳步一步一步地走，走出百來步便快了起來，越來越快地走到自家門口，推開鐵皮門，快步走過院子，走上台階，便見女人很安靜地坐在門口，往缽裡醃鹹菜，心下已經失望了，卻還問一聲：

「有人來嗎？」

女人搖搖頭，依然醃她的鹹菜。

他長吁了一口氣，走進廳堂，倒背了手空轉了一圈，又繞回來，說：「我到張伯家去看看爐子，假使有人找，你就過來喊我一聲啊！」

「你去好了。」女人應道。

他便很從容地往張伯家走去。到了張伯家，正好在用爐子，他便捲起袖管教他們燒。畢竟是自己的爐子，就好像自己的兒子一樣曉得脾氣，他比張伯女人要少燒一半煤球和柴爿。燒好一鍋飯，這時候才性急起來，心想，家裡的客人大概等得不耐煩了。碰巧是燒飯的時間，女人大概也跑不開來叫他。張伯留他坐一坐，哪裡留得住！他一路小跑回家。女人倒確是在後面灶披間燒飯，只是廳堂裡卻仍是空空的，沒有一個人影。他在廳堂當中，一方陽光裡站了一會兒，覺著了寂寞，就走到後面灶披間裡，找女人說話。

「竹籬笆散得差不多了，什麼時候空了，我要去修一修。」他說。

「好呀！」女人應著。

「什麼時候空了，我也在院子裡種一架絲瓜，好遮蔭，又有瓜吃，還有絲瓜瓤用。」他說。

「好呀！」女人應。

他一時再找不出話說，只好沉默了。默著望了她忙碌的背影，被一團油煙包裹，油膩膩的不清爽，心裡不由一動，便說道：

「你怨我吧？」

「啊？」女人沒聽清，側過耳朵問道。

「我說，你心裡，怨我吧？」

「怨你什麼？」女人輕聲說。

「一個男人家，不出去賺鈔票，叫你和小孩一道跟了吃苦。」他說著，眼圈有點發紅。

女人不響，停了一會說：「你總比你爹爹好。」

他聽了，眼圈的紅暈便慢慢地褪了回去，心情也漸漸平靜下來。他爹爹，也就是她的阿公老頭，是個吃鴉片的，把份不薄的家底幾乎吃得精光。要不是他姆媽會當家，又凶，只怕要賣了房子討飯去了。

但是，他的問題畢竟有些令她活躍，她回過頭，微微笑了一下：「我姆媽老早就講過，男人要迷起了一樣東西，就好比是吃上了鴉片，到死才能斷的。」

「那麼就是說我也是吃上鴉片了？」他沮喪地說。

「比鴉片好，比放鴿子好，比輪盤賭好，更加比開小公館好。」女人俏皮地又一笑，令他想起她的當年。

「這怎麼好比呢？」他終有些不滿意搖搖頭走了。

他默默地走出灶披間，走上吱吱嘎嘎的木樓梯，上了二樓，又走上一截木梯子，上了閣樓。

陽光從狹扁的窗口灰蒙蒙地照了進來，他彎下腰走到三角形的屋頂的正當中，才剛好立直。他慢慢轉動著身子，環顧著閣樓上沿著牆壁的一圈爐子，有大有小，大的大到打鐵的爐子，小的小到一只飯碗。他默默地看著爐子，一張極大的蜘蛛網吊下來，罩住了他的頭頂，他也沒有覺察。

他的目光流露出溫情，掃視、端詳著這一圈爐子，心裡慢慢踏實下來，將這半日落空的等待忘在了一邊。陽光被窗框擠扁了，擠成扁扁的一片，灰蒙蒙地罩在爐子上方，無數細小的微屑在陽光裡上下翻滾。他的眼睛順著陽光滑去，滑向窗外。鐵皮門被撞開了，阿四進來了，然後是阿三，阿二，最後是阿大。阿五從房裡倒著跑出去，空跑了一圈，又進去了。接著便有，「爹爹吃飯」的尖脆的叫聲，一聲緊似一聲。

「來了。」他只得回答。

聲音在閣樓裡發出奇怪的回響，他驚了一下，趕緊躡著手腳出去了，地板抑制地發出吱嘎響聲，最後靜了。留下一圈高高低低的爐子在寂靜中。那一網蜘蛛一動不動地懸著，一根游絲在陽光裡輕輕地飄揚。

過了半個月，送信的送來一封公函，是金屬公司寄來的。他拆開一看，心裡不由冷了半截。信上說，他的爐子雖然能夠節約燃料，但是造價過高，所以就沒有推廣的價值了。他看完信，木木地坐了一會兒，將信照著原來的樣子摺好，放進信封，又木木地坐了一會兒。然後，站起身，上樓去了。木梯子在他腳下吱嘎著，那一抹陽光浮在一面牆上，投下一角蜘蛛網婆婆娑娑的影子。女人在院子裡走來走去，小小的，傀儡戲似的。他的目光慢慢移開，移到窗下的爐子上，順著牆在爐子旁邊走了一遭。

這爐子是稍許貴了一點，即使大批量生產，也要十五塊左右一只，比普通爐子貴出不少。可是，省下來的煤球就不算了？每天算它省兩斤煤，那一個月是多少？一年又是多少？算到頭，仍舊是便宜的啊！不好算死帳，要算活帳才對。他漸漸地不平起來，心想著再要去一次金屬公司和他們算算這筆帳，難道他們天天辦公的人都不知道地球裡的煤不會多出來，只會少下去？他們不曉得煤裡面有四百多種貴重的元素嗎？用在一日三餐上是多麼可惜嗎？看來他們是小帳清楚，大帳卻糊塗了。但是，和他們講會有什麼結果呢？他沒有把握。信上已經敲上一只大紅公章，這可不是兒戲。只有做出結論了，規定了的，才可敲這公章的。一旦敲了下去，要更改就不容易了。

「還是要靠我自己去宣傳啊！」他想。

想過之後，他轉過身，走到西牆下邊，拖出一只爐子，放在閣樓當中，自己席地而坐，仔細地端詳起來。這只爐子是他新近研究的項目，完全不用煤球，用柴爿燒，如今，已經取得這樣的成果：半斤柴就可以燒熟兩斤米。他端詳了一會兒，就站起身，走到閣樓邊，對下面喊了一聲：

「量二斤米來。」

喊過之後就拾起半只破板凳，開始劈柴爿。柴爿劈成條頭糕似的整整齊齊一塊一塊，然後拿過秤，稱過。這時，閣樓邊緣升起半個人影，將一個飯鍋放在樓板上，說了聲：「米來了。」便消失了。

他回過身，端來飯鍋，開始生爐子。

細細的青煙從爐子裡裊裊升起，紅紅的火苗跳躍著，舔著烏黑的鍋底，他幾乎是趴在了樓板上，大睜著兩眼，注視著那燃著的柴爿。火苗像鳥停在樹枝上似的停在柴爿上，很慢地移動著，每一點木屑都燒透了，發出最大限度的熱能。鍋裡有了動靜，鍋蓋微動著，被一團和著泡沫的蒸汽頂開。他半揭鍋蓋，看那雪白的泡沫翻騰。

其實，要是仔仔細細地燒，柴爿是很禁燒的。那熱烈活躍的火苗使他剛才的不愉快淡漠了。他注視著那快樂的通紅的火苗，心裡陡然明淨得透徹，只有那一苗單純的火焰在跳躍。

隨著飯鍋裡翻滾的聲響逐漸平息，火苗也漸漸安靜下來。這時，他便將爐門關閉，嚴嚴地護著那一堆灰燼的熱量，依著那熱量最後烘熟米飯。他從地上坐起身子，雙手抱膝坐著，聽那飯鍋裡細微的動靜，心想：這一鍋米在慢慢地熟呢！熟了才好吃，生的就不能吃，這眞是很奇怪的，生的就不能吃。爲了一張嘴，要燒掉多少寶貴的東西啊！地上長出來的燒不夠，還要到地下挖東西來燒。說起來，做人也是造孽啊！

那一把陽光慢慢地移動，移過屋頂中央懸掛著的蜘蛛網，照著那網的中段，看過去，就好像是半空中憑空張了一條網似的。

飯好了，他打開爐門，將爐膛內燒剩的柴爿掏出來，敲去灰，和沒燒的一起稱了稱。將剛才稱的總數，減去現在稱的餘數，就得出了答數：四兩一錢。比上次達到的紀錄又減少了九錢。他鬆了一口氣，欣慰地摸了摸汗津津的額頭。

樓下傳來孩子歡樂的叫聲，那叫聲跟他隔得十分遙遠，像從另一個世界傳來。

4

這個地段的戶籍警叫小黃。王景全從廣西農機局辭職回到上海，就是向小黃申報的戶口。開始，小黃對他是持有戒心的，所以就經常地到王家去走走看看，一來二去，倒熟了。他看出老王不是壞人，只不過和一般尋常人有點兩樣。老王的事業，在他眼裡雖不很高尚，卻像是魔術一樣神奇。老王送給他一只爐子，在他家設了一個試驗點，十天半月地去張張，修修，從此他家的耗煤量大大下降，小黃的阿娘歡喜得不得了，兩個人的關係便格外地好了起來。

有一天，小黃騎了腳踏車出去辦公事，走過市中心一條熱鬧馬路，只看見前邊圍了許多人，中間有一個人吊起喉嚨在作大報告。小黃是歡喜看熱鬧的，於是便下了車，上了鎖，擠進去看。只見眾人包圍的是一間日用雜貨店。店門口擋了一具櫃檯，櫃檯後面放了一批新到的煤爐，煤爐當中立了一個人正在演講：

「這批煤爐是我們廠的最新產品，採用了最新材料和技術，可以比普通煤爐節約煤球三分之二以上，最好的紀錄是七錢一只煤球，一兩拔火柴，就可燒熟一斤生米……」

人們一邊聽一邊就迅速地排起隊伍，等待銷售。

小黃聽了這話有點耳熟，再看看爐子，又有點面熟，就繞到櫃檯後面去檢查那煤爐。別人只當是人民警察來維持秩序，都不講什麼。那演講的人看他擺弄爐子，卻以爲是要揀一只好點的，就說道：「民警同志，應該以身作則，遵守秩序，請到後面排隊。」

小黃不回答，只顧仔細地檢查那爐子。

那人又說：「現在去排隊，一定能夠買到，晚了就怕買不到了。」

小黃抬起頭朝他白白眼睛，他看出那爐子和老王研究出來的幾乎一模一樣。

排隊的群眾都在叫：「賣吧，賣吧，快點賣！」

那人便把小黃放在了一邊，微笑著擺了擺手，說：「大家先不要性急，讓我把生爐子的幾點要領交代清楚，如果生爐子不得法，也是不行的。」

群眾便安靜了下來，聽他講敘要領。他從櫃檯上端起一只滿是茶垢的搪瓷杯，喝了一口茶，正要開口，卻叫小黃擋住了：

「你們這煤爐是誰發明的？」他問。

「這是集體的勞動，不是哪一個個人的發明。」那人微笑著回答。

「集體發明的？」小黃眼睛看他，一個字一個字地重複了一遍。

「技術革新小組集體發明創造的。」那人強調。

「這個集體裡面有些什麼人？」小黃話裡有話地問道。

「你要我把名字都報給你聽啊！」那人漸漸退去了笑容。

「對，你報給我聽聽。」

「這有什麼必要呢！」

「很有必要！」小黃嚴厲地盯了那人一眼。

「你這句話是什麼意思？」那人漸漸地嚴肅起來。

「我倒可以告訴你，這種煤爐的發明者就住在我的虹橋地段，一一一八弄三十四支弄三號，姓王，一個本本分分的老伯伯。」

「我不認得什麼姓王的老伯伯，也從來沒有去過那麼遠的虹橋路，我只曉得虹橋飛機場在那邊。」那人回答。

眾人都笑了，覺得他很幽默。

「誰和你油腔滑調！」小黃凶起來，「我告訴你，你們竊取了人家的勞動，是不好的！」

那人一聽這話，反倒強硬起來：「你既然這樣講了，我就要和你講清楚。你說我們竊取人家的勞動，有什麼證據？」

「這只爐子，確實是我們地段的老王辛辛苦苦研究出來的。」小黃說。

「你講是老王研究的，又有什麼證據？」

「是呀，有什麼證據拿出來好了！」雜貨店裡的營業員也出來幫那人講。

後邊排隊的群眾卻是一個勁地鬧著快點賣，快點賣，買好了回去燒晚飯了。

「你拿不出證據來，我只好說你是造謠誣陷，你是人民警察，總歸懂得這問題的嚴重性吧！」

小黃氣得面孔發白，說道：「你心裡有數！」

那人看他已經說不出什麼別的了，便不再理睬，一揮手說：「八塊錢一只，現在開始賣。皮夾子當心，不要給扒手扒了。隊伍排排好，不要給人插了隊。」

小黃拍拍手上的灰，擠出來，推起腳踏車，踏了回去。當他踏到王景全家門前時，已經是一頭一身的汗。他推門就喊：

「老王！老王！」

老王正在閣樓上，聽見他急切的喊聲，幾乎是滾了下來：「什麼事情，什麼事情？」

小黃都來不及和他講清楚，一手推腳踏車，一手拉住他，說：「你坐到車上來，我一邊走一邊告訴你。」老王扶著他的腰坐上了車，然後，小黃才一五一十將事情講了。老王一聽，什麼話也講不出來。心中卻暗暗叫苦，冤枉得要命。小黃把車子踏得飛快，老王兩隻手緊緊地抱住小黃的後腰。只聽行人喊道：「人民警察帶人，人民警察帶人！」小黃只當沒有聽見。老王眼睛也不敢睜，心裡緊張，倒顧不得委屈了。

等他們趕到地方，人群已經散了，櫃檯撤去了，煤爐賣光了，那個演講的人也不見了，只有一個老頭，在掃門口的一攤摻了鐵鏽的灰。兩人從車子上跳下來，站在空蕩蕩的馬路上，半天講不出話。小黃面孔一陣紅，一陣白，出氣一陣長一陣短。倒是老王反過來安慰小黃：

「算了，算了。」

「這怎麼好算了！」

「算了，算了！」老王說，「眞的要是碰上了那個人，他問我要證據，我也拿不出來。」

「你把你的圖紙給他們看嘛！」

「那麼人家大概也會有圖紙的。」他忽然停住不說了，他想到，或許就因爲自己的圖紙散發得太多了，落到有心人手裡……不過，也不好保證人家就是照他圖紙做的，說不定人家也在研究呢，說不定人家的研究和他的是一樣的呢！世界上什麼碰巧的事不會有呢！連面孔長得一樣的人都有。

「是可以告他們剽竊的。」小黃說。

老王低頭想了一會說：「告是要證據的，沒有證據，只怕人家反咬我一口，我也沒有辦法。」他傷心地想到，這畢竟不是自己養的小孩，喊一聲，就會應。也不是一件東西，上面總有記號可尋。這樣想著，便更加沮喪起來，隱隱地覺著腿軟，就慢慢地蹲了下去。

「老王，你的圖紙四處亂發，發得太多了呀！」小黃也想到這上面來了。

「算了。」他說。

「老王，你下次不要再隨便給人家圖紙了，實在要給，就要叫他打個收條，曉得嗎？」小黃說。

「曉得了。」他說。

雜貨店上門板，要打烊了。

「我送你回去吧，老王。」小黃說。

「我自己乘四十八路回去好了。」他說罷站了起來，慢慢地往前走。小黃推著腳踏車，默默地跟在他後面。走了一段，小黃說：

「老王，索性我給你找個工作算了！」

老王搖搖頭：「有工作就不要想搞自己的研究了。」

「我是怕你經濟上吃不消。」

「不要緊。」他走了幾步，回過頭，等小黃走上來，就湊在他耳邊小聲說，「我還有點底子，有點金銀首飾，實在沒有了，還有這一幢房子好賣掉。」

小黃便不響了，走到四十八路汽車站，老王上了車，小黃踏了腳踏車各自回家了。

正是下班高峰時間，車子擠得像沙丁魚罐頭。他被四方的人夾了起來，只有一隻腳尖觸到了地，倒也不曾跌下來。車子開過繁華的街道，人慢慢鬆動了一點，他的腳掌漸漸落回了地上，眼睛也看得見車窗外漸漸暗去的天空，高樓大廈稀疏了，路邊出現菜地，油菜開了花，一片金黃，微風夾著糞臭，卻清涼。終點到了，他下車，站在路邊，粉蝶在暮色裡飛，變成了黑的，太陽落到菜畦下邊，只留下一道淡紅色的天際。他慢慢地走動起來，卻錯了方向，走了幾步才悟出來，慢慢地轉身，向前去。

家家門裡飄出了菜香。有人邀他去吃晚飯，他謝絕了。「今天爐子好燒得很，來看看吧。」有人說。「吃過晚飯來。」他回答。「今天的爐子燒了好幾塊柴爿才點煬。」又有人說。「吃過晚飯來。」他回答。

他走進了三十四支弄，到了家門口，女人正候在門口朝外張，見他回來，就問：

「還好吧？」

「蠻好。」他回答。

女人便鬆了一口氣，走進廳堂，擺桌子，盛飯，將溫熱的黃酒端上來。

「阿大，在學堂裡好吧？」他一一挨著問下去。

「蠻好。」阿大至阿五一一挨著回答。各自划飯。

他喝了一兩黃酒，卻不曾吃飯。

「不舒服嗎？」女人問。阿大至阿五們齊刷刷地抬頭看他。

「沒有出力，不餓。」他回答。

女人不再問，阿大至阿五們便齊刷刷地低頭划飯。吃過飯，女人收過桌子，走到院子收衣服，卻見他一個人背著手，低著頭，用腳步在測量著院裡的土地。

「你做什麼？」女人將收下的衣服挽在手臂上，靜靜地問。

他走了幾步，到了頭，說道：「種稻，能收多少？」

「院裡怎麼好種稻，種幾棵菜罷了。」女人說。

「菜又不好當飯吃。」他說。

「飯總歸是有得吃的。」女人說。

「那就好。」他一個人站在空寂寂的院子裡，卻不知爲何嘆了一口氣。

女人挽著收下的清潔的衣服，站在台階上，心裡不知爲何也幽幽地有點發愁。

5

老王的柴爐，二兩柴就燒熟了兩斤米。假如這柴爐能在農村推廣，可以節約多少柴啊。就是不知如何推廣。如今，唯一的宣傳道路也斷絕了。儘管上街宣傳並沒有結果，但是只要在宣傳，心裡總還有點盼頭，如今連一點盼頭也沒了。沒盼頭，他便常常陷入無名的煩惱。心煩起來，就總想找點事情出出氣。可他偏又是個連桌椅板凳都拍不響的人，小孩子更是打不下手，最最心煩的時候也只能是和女人拌幾句舌頭。拌過之後，心裡反後悔，更加悶氣，倒不如不出氣好了。

這日小黃上門，告訴道，走過那家雜貨店時，看見有人上門退貨。說是封不過夜，反倒費了柴爿和煤球，還費了時間。他一聽就跳了起來：

「我曉得，一定是他們在材料上做了什麼手腳，否則怎麼只賣八元呢？他們一定是用了什麼蹩腳材料。向來都是便宜沒好貨。」

「活該！」小黃很是高興。

「這是報應啊！」老王也高興，可高興了一會，又煩惱起來，他忽然想起，這個失敗興許使他們更加不相信他的研究，更加不願意推廣了，便搓著手跺腳道：「害人，害人精！」

「活該！」小黃興高采烈地附和道。

他腳不停歇地說：「害人，害人精！」

「活該！」小黃很開心地走了。

小黃走了以後，老王就作出一個決定，背只爐子到外碼頭去，到杭州去，杭州的手工業管理局看得起他也說不定的，他總不能在一棵樹上吊死。過了兩日，湊了盤纏，他背了一只爐子走了。走了第三天，就讓居委會追了回來，因爲要搞文化大革命，不好隨便外出，原地鬧革命。來回車費好比扔進了黃浦江。

調笑時講起過卻不曾認眞想過的那種日子終於來臨：揭不開鍋了。抄家把最後一點金銀首飾抄了去，即使不抄去，這個年頭又能拿到什麼地方去兌現鈔？除了一幢朽了地板爛了屋頂的房子，是一無所有了。過去，里弄辦民辦小學的時候，曾經來向他買過這房子；後來，里弄辦加工場，也動過這房子的腦筋，他是一直不肯鬆手。這房子是他祖父造起的，當年的豪氣他還影影綽綽記著一點。隨著他日益懂事，那房子卻日益地破敗。但是姆媽一直對他講，房子是不好賣的，沒了房子，這一份人家就算是眞正一敗塗地了。直到臨死，還是這句話。而到了目前，他想賣都沒地方賣了。里弄裡招呼不打，就搬進一個做洋娃娃的生產組，安置在樓下廳堂裡。洋娃娃的頭髮，飛飛揚揚，飄得到處都是，飯裡粥裡都會挑出金黃或墨黑的一絲一絲，一蓬一蓬。

飯桌上先是開不出葷菜，後來素菜也沒了，頓頓是自家醃的鹹菜蘿蔔乾，然後，晚飯吃粥了，再後來，中午也吃粥了。逐漸逐漸，粥越來越稀，不用筷子划，自己就滑進了喉嚨，只聽咕嚕咕嚕響。小孩子熬不住饞，一天到晚用彈皮弓去彈麻雀，回家燒來吃，橫豎學校已經停課。女人的臉色日益見出黃瘦，他也時時因飢腸轆轆，再也定不下心來搞節能研究了。

他不得不暫且放下他所鍾愛的節能事業，而去關心肚子的飢飽。

他將花園開闢起來，種上蠶豆和南瓜，這兩樣都是既可做菜又可當飯的吃物。種下的種子發了芽，出了葉，綠油油地蓋滿了褐色的荒地，園子裡倒少去了淒涼的顏色，有了些許生氣。他的心緒也就平和了許多。日日在綠色的菜地裡拔草，鬆土，除蟲，精神有了寄託，不再惦念那閣樓上的事業。只是肚飢依然難挨。瓜菜終不是幾日便能成熟，須有耐心。耐心是修養，肚子卻依然作出生理性反應，餓得發緊，腸胃像刀絞似地疼痛。

小黃給他們出了一個新鮮的主意，叫小孩子們去郊區割草，割了草背到牛奶棚去賣。當日草必須當日賣，隔了夜不新鮮，奶牛就不喜歡吃了。要起早摸黑，辛苦雖辛苦，多少也能得點錢，幸好米價是不貴的。從此，生活進入了一個新的時期。每天凌晨兩點，女人便起床攤餅給小孩子做乾糧，然後將他們送走。女人一起，他也再睡不下去，跟著起床，雖然幫不上忙，但因為沒有比人多睡，也算盡了心意，泰然了許多。小孩子們為了省錢，步行著去牛奶棚，又步行回家，到家天已黑盡，一個個累得東倒西歪，由阿大從襯裡衣服的口袋裡，摸出溫熱的五毛錢角票，交在爹爹手裡，再由爹爹交給姆媽，第二天好去買米。

蠶豆開花了，南瓜拉藤了，眼看著要結果，他卻又悵惘起來，常常一個人悶悶地獨坐，不再勤勉，雜草悄悄地生出，地又漸漸地板結，好在藤下已經結出小小的紐頭。一日，他一人在房裡閒坐，坐了一會，慢慢地走動，走上木梯，木梯在腳下吱嘎作響，他並沒發覺。直走上半腰，眼前陡然現出幽暗的閣樓，他一驚，停住了腳。

那是一個陰雨的天氣，太陽遮在烏雲後面，灰色的天光從狹扁的窗戶進來，勻勻地充滿了三角形的閣樓，無數細微的塵粒在翻飛，透過翻飛的塵埃，那一圈爐子黑沉沉的靜著。他站了一會兒，便一步一步走了下去，走到木梯底下，便滑坐了下去，坐在木梯的最後一級上，雙手抱著膝蓋。樓下傳來女工們放浪的調笑聲，與他離得如此遙遠而隔膜，雖是十分清晰，他卻聽不懂那調笑的意義。他雙手抱著膝蓋靜靜地坐著，直坐到那一根細細的木梯勒痛了他削瘦的屁股。

晚上，辛苦了一天的孩子們回來，在飯桌邊坐了一圈，吃著乾稠的粥，談著這一日的經歷，他並不回應，只是默默地划粥，划了一碗，就走到床邊睡下了。

「不舒服了？」女人不安地問。阿大至阿五們齊刷刷地側過頭看他。

「沒有出力，不餓。」他說。

女人安心了，依然划粥，阿二至阿五們便也齊刷刷地回去了頭，只有阿大疑惑地看著爹爹，划粥的動作也慢了些。粥後，兄弟們散開，姆媽將碗筷撤去。阿大走到爹爹的床跟前，問道：

「爹爹，你不開心吧？」

「爹爹蠻好，沒有不開心。」他在帳子裡答道。

「爹爹，你是不開心了。」阿大說。

「你怎麼看出？」他在帳子裡問道。

阿大沒有作聲，停了一會，卻問：「爹爹，你爲什麼不搞研究了？」

爹爹不作聲了，過了一會，才說：「伙食都快開不出了，也沒有心思了。」

阿大便說：「讀書的時候，老師曾經講過一個故事。英國有一個科學家，專門研究稀有金屬的。家裡也是非常清貧，最後窮到開不出伙食，他女人要燒水都沒有柴劈，對他講，怎麼辦。他聽了，就立起來，將他身下坐的椅子一推，說：『燒椅子！』後來，他終於成功了。」

爹爹不作聲。

「爹爹，你不要灰心，應該堅持。」阿大又說。

帳子裡沒有一點動靜。

阿大站了一會兒，便輕輕地退出去了。

帳子微微動了一下，又不動了。

他自己都不明白是怎麼了，眼淚像河濱的水，止也止不住地流。他聽阿大走出去了，才敢動，伸手抓了枕巾，揩了一把臉，剛揩去，眼淚又流了下來，只好隨它去流，流了一枕頭。他抑制不住地抽噎起來，幾乎要哭出聲音。他怕女人聽見就用力壓住，壓得胸口發痛。經過一陣疾風暴雨似的抽噎，他慢慢地平靜下來，眼淚也不再湍急，平緩地流著。他仰面躺著，朦朦朧朧要睡去，卻一驚，醒了。原來是女人上了床，替他蓋被的。他輕輕推開被子，下了床。他的腳在床底摸到鞋子，彎腰穿上，走了出去。他摸著黑，走到閣樓下邊，摸到木梯子，一級一級爬了上去，當他的頭升上閣樓時，那狹扁的窗戶裡忽然透進了極其皓潔的月光，灑滿在三角形的屋頂下面。那日光裡的塵埃像是在月光裡沉澱了，空氣是那樣的清澄透明，連那一懸蜘蛛網都閃著銀色的光亮，像網著一兜水銀。萬籟俱寂，那一圈高高低低的爐子，活了起來，無言地向他訴說著什麼。他慢慢地攀上梯子，跨進閣樓，彎腰走到三角形的屋頂正中，站直了。

他站著，望著窗外深藍的天空，月亮從側面照射過來，給窗框鑲了一條銀邊。窸窸窣窣地響，鐵皮門沒有關牢，輕輕開關，發出「空空」的碰響聲。

他蹲下身，拾起一塊木板，又拾起一把破菜刀，將刀口橫著木板，輕輕地朝地上剁了一下，刀刃咬進了木紋，他繼續剁著，木板一劈為二，輕輕倒在地上。他抬起其中一塊，再將菜刀橫切進木板頂上，輕輕往下劈開，直劈成一寸半寬窄，五寸長短，才整整齊齊地堆在一邊。他細細地劈著，腿蹲疼了，就索性坐了下來，坐得太低，用不出勁，就隨手摸了兩塊磚墊上。

月亮慢慢地移過窗戶，窺探似地在窗前停留了一會兒，慢慢地移走了。劈好的柴爿堆成了小山，他才歇手。喘了一會氣，他拉過一個破筐，裡面盛著有一個筐底的煤球，他張開五指，按在上面，一五一十地數了一遍。然後，他一用力站了起來，沿著牆，看了一遍爐子，再用一根通條，一個一個捅了一圈，一個個地塡上柴爿，從口袋裡摸出火柴，擦著了，他用手攏住那一點小火，彎下腰點那爐子，一個一個點過去。爐子一個個煬了，白煙升起，將他包圍，煙霧罩住了月光，閣樓上的一切又混沌起來。他站直身子，微微有點咳嗽，即忍住。火苗頂開煙霧，跳躍起來，越來越紅，紅到末了，卻藍了起來。煙霧散了，只有火苗，活潑地跳著奇怪的舞蹈。火苗包圍住他，映紅了熏黑的椽子，火花在椽子上閃爍，照亮了那一個幽黑的三角的屋頂。而這時，他的身影陡地升在三角形的屋頂上，頂著那一根朽爛的脊檁。屋頂帶著他巨大的身影升高了，閣樓空闊起來，變成一座殿堂，有著紅色和黑色的精靈在舞蹈。

6

又一只新式爐子誕生了，造價降低到十元一只，仍然是七錢一只煤球，卻只需一張舊報紙拔火，便可燒熟一斤白米飯。他沒有四處寫信發圖紙，也沒有上街宣傳，而是背著爐子，直接去了手工業管理局。

到底是文化大革命了，手管局的架子不像過去那麼大了，幾乎沒有傳達，隨便誰都可以進去。大樓裡到處貼的大字報，從三樓拉到底樓。那條花磚地的走廊上用墨汁寫了誰的名字，七顛八倒，還打了大叉。他從寫了字的花磚地上走過去，走到上次坐過的那間辦公室，卻沒看見那面孔鐵板的女人，辦公桌也換了擺法，坐了一個男人家，手臂上套了七寸寬的紅袖章。

「做什麼的?」那人問道。

「搞技術革新的。」他回答。

那人很奇怪地笑了一下，又問：「哪個單位的，有介紹信吧?」

「介紹信有的。」他從袋裡很小心地摸出多年前科委那小夥子給寫的證明，恭敬地遞上去。證明摺起來的地方已經磨損了，卻被很好地保護在一個牛皮紙信封裡。

那人又奇怪地笑了一下，說：「這封信已經不作數了。」

「爲什麼?」他吃了一驚。

「科委已經奪權了。」

「爲什麼？」他又吃了一驚，在家裡待了這一年，不曾想世界上已經天翻地覆到這般地步。臉上便露出懊喪的神情。不料那人卻又說：

「不要緊，不要緊，你講講看，你的革新有什麼新的成果了？」

他一聽又有了希望，立即想到一句古話，叫作：「山重水覆疑無路，柳暗花明又一村。」這才從肩上卸下家什，把那只新式爐子搬到辦公桌前，說道：

「那年，我曾經送來一只爐子，七錢重的一只煤球，一兩拔火柴，便可燒熟一斤生米。後來金屬公司寄了我張公函，說是沒有推廣價値，因爲造價太大了。我現在研究出的這只爐子，造價減少三分之一，仍然只要七錢重一只煤球，卻只要一張舊報紙拔火，三十分鐘就可以燒熟一斤生米。所以，我又送到這裡來給你們幹部看看，是不是有推廣價値了。」

他一口氣講完就站在一邊等著。

那人對著煤爐打量了半天，說道：「燒燒看好吧。」

他一聽立即來了精神：「我也想燒給領導看看，東西都準備好了，米……」

那人打斷說：「米到食堂裡去稱一斤好了。」說著就從口袋裡摸出一斤飯票，朝桌上一放。

他本是想說米也帶來了，既然那人願意出米，他便把話頭縮了回去，經過這段飢餓的日子，他總算曉得米是性命交關的事情了。

他從桌子上拾起飯票，照了那人的指點，走到食堂，請飯堂師傅量了一斤米，又借了食堂的水龍頭，淘了米。

「做什麼的？」飯堂師傅問他。

「搞技術革新的。」他回答。淘好米就匆匆地走了。

他回到那間辦公室，就忙了起來。那人用一根火柴梗掏著耳朵，一邊看著他忙。到了三十分鐘，飯好了，他耳朵也挖通了，便扔掉火柴梗，用手指頭挖了一團飯送進嘴裡，垂下眼睛，細細地嚼了半天，嚥了下去，這才抬起眼睛，說道：「蠻好。」

他這才鬆了一口氣，稍稍活躍起來：

「這種爐子，如果大批量投入生產，每一只的造價只有十塊。雖然比平常爐貴了一點點，可是不要算死帳，要算活帳。每只爐子每天節約算它兩斤煤球好了，一個月值多少？一年又有多少？煤是很寶貴的，裡面含有四百多種元素，日本可以提煉四百多種，上海可以提煉一百多種，外地只能提煉十幾種，地裡的煤是有數的，不會多出來，只會用光。用光了，子孫就沒有了。節煤是很重要的。」他說道。

「是呀，是呀！」那人看著爐子，一邊答應著。

「我這裡還有一種柴爐，燒柴草的。一二兩柴爿就好燒熟兩斤米，農村只要推廣開，好處不得了。最根本的辦法是用植物能源，用植物發生沼氣，用管道蓄起來，比煤氣還好，而且還沒有污染。植物是從地裡生出來的，不會用光。」他繼續說道。

「你老師傅有什麼要求呢？」那人忽然問道。

「我一不要工作，二不要鈔票，只要能夠推廣。」他毫不猶豫地回答。

「蠻好，蠻好。」那人說，忽然覺出點不對，便問，「老師傅沒有工作嗎？」

「是呀。」

「怎麼會沒有工作呢？」

「這個說起來，話就多了，只怕三日三夜也說不完。」

「你倒講講聽聽呢。」那人鼓勵道。

「就是為了那斷命的自動線呀！」他從頭說起，從「反對」自動線一直說到三百度燒牛奶把鍋底燒掉，再說到去廣西坐辦公室批公文，最終辭去工作回上海。那人聽完便笑了，說：

「你這個老師傅，是個梗頭脾氣嘛！」

「我脾氣倒不梗，只不過是有一句講一句的……」他還要說下去，那人卻打斷了：

「蠻好，蠻好。你的爐子先放在這裡，有了消息，我們會通知你的。」

「假使要投產，我可以到廠裡去幫忙。反正在家裡我也是搞這個研究的。」

「假使需要，我們一定通知你。」

「你們喊我好了，我反正在家裡也沒有別的事情。」他一邊說一邊退至門口，卻忽然想起還沒有留下姓名地址，趕快回來寫好。那人接過來就夾在檯曆裡面了。

他走出手管局，十分輕鬆，心裡又有了盼頭。但是有了上次的教訓，也不敢太開心。他曉得儘管那人叫他在家等著，但是他是不好眞的在家等的，要時常來走走看看才好。所以隔了一日，他又來了。那扇門卻關著，他踮起腳，從門上面那塊玻璃窗朝裡看。辦公室沒有人，辦公桌老樣子擺著，椅子也老樣子擺著。卻沒有爐子在了。他又沿著牆看了一圈，確實沒看見有爐子在，便想：大約是送去廠裡商量投產了，心裡踏實了一些，就往回走了。爲了節約幾角車錢，他是走過來的，走得腳痠，但想到那爐子已經有著落了，心裡便一陣愉快，腳步也輕鬆了。他一站一站走了回去。從外灘的起點到虹橋路的終點，幾乎穿過了一整個上海灘。

長久沒有走出來過，馬路上已經大變樣子。櫥窗裡的商品統統撤掉，一律擺起了供桌似的忠字檯，貼得紅通通的。人還是多，甚至更加多了，夾了許多穿黑棉襖、軍大衣的外地學生，倒是十分熱鬧。走在這熱鬧的馬路上，他忽然想起他六歲那年，爹爹帶他到杭州去玩。那一年，不曉得爲了椿什麼事情，杭州召開博覽會；爹爹是最歡喜玩的，消息傳來，自然不肯錯過機會，當即買了火車票，帶他一起去了。一晃幾十年過去了，現在一想起來那繁華似錦流光溢彩的西子湖還像就在眼前，彩燈映著湖水，湖水映著天空，一天的星星全暗了。至今尚記得那奇奇怪怪的展品玩物，有一對矮老夫妻，只有三歲毛頭大小，卻胖乎乎，笑嘻嘻的；還有一隻巨手，人很平常，一隻手卻比蒲扇還大。看了回去，他作了多少亂夢，噩夢與好夢交織在一起，一會兒嚇醒，一會兒笑醒。唉。他走著路，想著這些。他還想起，那晚上不知坐了爹爹哪位朋友的汽車兜風，從裡西湖兜到外西湖，蘇堤上，白堤上，一陣風地過去了。那汽車裡面，頂上四隻角，點了四只小電燈，一齊開亮著。那是一個多麼豪華的晚上啊！他想起他的父親，想起他父親的鴉片的香味，那香味突然地升騰起來，待他追尋著要細細地嗅去，卻沒有了。他又想起女人將他歡喜爐子比作歡喜鴉片，這比喻自然是不恰當的。

他這麼想著事情走路，倒不覺得路長了，天將黑未黑的時分，他已經彎進了那條長長的弄堂。

隔了兩日，他又去了。走進走廊，走廊的花磚地上重新寫了新的名字，也是七顛八倒著，上面打了大叉。他從寫了字的花磚地上走過去，遠遠地看見那間辦公室門口有一塊亮光，便曉得門是開著的，不由一高興，加快腳步跑了過去。

那人果然在，在吃茶，見他來，開始有點認不出來，後來認出了，又有點吃驚似的。

「你來了？」那人說。

「我來聽聽消息，反正沒有事情，走過來很便當的。」他說。

「啊呀，」那人拍了一下大腿，「你這只爐子——」

「怎麼，壞掉了？」他不由地一驚。

「壞是沒有壞掉，給人家買得去了！」

「你把它賣掉了！」他眞正地大吃一驚了。

「怎麼是我賣的呢！是我們單位的一個領導同志，上次走過這裡，看見這只爐子，就問我，怎麼煤球爐拎到辦公室裡來了，我就對他說，這是一個老師傅研究出來的節能煤爐。七錢一只煤球，一張舊報紙拔火，三十分鐘就燒熟一斤米。他不相信，我就當場燒給他，他看了就一定要買下來。我講，人家的東西我不好作主的，他硬拎了走，丟下來五塊錢。你看！」他從皮夾子裡摸出一張五塊錢，拿給他。

「啊呀，你要早點告訴我就好了，今天我就再帶一只來。」他說。

「他剛剛拎去，我正想寫信給你呢！」那人說。

既然煤爐已經給人買去，也沒有辦法了，他只得接過五塊錢，說：「明天我再背一只過來。」可心裡總覺得他講的不大像，不像在哪裡，他又說不出。

他走到門口，對面走過來一個人，胖胖的，老遠就在端詳他，等他走過去，他便喊他了：

「老師傅！」

他不曉得在喊誰，又看旁邊並沒有別人，就回過頭去應了。一應，他便認出，那胖人就是上次量米給他的食堂飯師傅。

「你上次是不是拎來了一只煤爐啊？」他問道。

「已經給那個幹部賣掉了。」他說。

「瞎話三千！」他湊到他耳邊悄悄地說，「是他自己拎回去用了。」

他呆了一下，說不出什麼。

那飯師傅又說：「老師傅，你技術好得很嘛，你幫我們食堂的爐子想想辦法好吧？這只爐子燒起來費得要死，一百個人吃飯，要燒掉四十五斤煤，還算節約的呢！」

「怎麼要燒這麼多煤！」他吃了一驚，倒把自己的委屈放在了一邊，跟著飯師傅去了食堂。

飯師傅將他引進食堂的灶間，讓他看那灶，他一看就看出了毛病，爐膛太大，煙道又太短。他蹲下身去弄了一會，然後看看鐘，已經十點多鐘了，就說：「我先大略地弄弄，你好燒飯，過幾天，我再仔細給你弄。」

飯師傅馬上講：「不要過幾天了，中飯你就在這裡吃，下午就仔細弄。」

「那麼，我來燒火吧！」他說，說罷就又忙了起來。

這只灶頭，給他一弄一燒，火頭旺得不得了，不過三十分鐘，一鍋飯已經熟了，再炒菜，又燒湯，弄停當以後一計算只用了二十四斤煤。飯師傅興奮極了，說道：

「不得了，不得了，老師傅眞正不得了！」

他說道：「這不算什麼，二十四斤可不算少了，我們家裡一個月也燒不掉這許多的。」

吃飯了，飯師傅打給他滿滿一盆紅燒肉和油豆腐線粉，飯隨便吃，湯隨便舀。他好久沒有敞開肚皮吃過飯，油水也長遠不吃了，兩塊夾心肉吃下去就有些膩，吃了三兩飯就無論如何吃不下去了。遺憾地想道：人的肚腸也是很賤，有得吃就大，沒得吃反倒細了。吃過飯就動手做起來，不料只做了一小會兒工夫，肚皮就有些咕嚕，剛才吃下的飯菜不知到哪個角落裡去了，一只胃空空蕩蕩，剛才那肚飽的滋味一點也想不起來了。

一下午過去，晚飯只燒了十八斤煤。飯師傅驚得眼珠都彈了出來，可他依然不滿意地說：

「太多太多，十八斤煤，不是兒戲的。」

「不多不多，再也不好少了。」飯師傅說，又請他吃晚飯。這一頓他的胃口開了，肚腸也暢通了，吃了很多。然後，飯師傅又讓他下一天再來，到會計那裡結帳，按臨時工的標準給他一天報酬，另外，車票也可以報銷的。他應酬了，便回去了。是乘四十八路回去的，回到家天還沒暗，就有些奇怪，一想原來是單位食堂開飯開得早。女人小孩在等他吃粥，他說：「吃過了。」

女人問：「在哪裡吃的？」

「食堂裡。」他回答。

女人便不再多問，帶著小孩一起划粥，划完了，收去碗筷，小孩散開。他便摸出那五塊錢交給女人：

「明天買兩斤肉來吃。」

女人看看錢，很仔細地收好，也不多問，就點頭。

他坐了一會兒，覺出了乏，便洗洗上床，心裡總有點激動，老想著食堂那只爐子，覺得還是大有可爲的。這麼想著，慢慢地睡去。

第二天一早，他便去了手工業管理局，繼續改進那只爐子，以致中午時只燒了十三斤煤。吃過中飯，他還要繼續改革，飯師傅說道：

「差不多了，差不多了，一頓飯十三斤總要燒的。」似乎再少下去就不成體統了。

而他卻再不能罷手了，到了下午，那爐子一頓晚飯只需七斤煤。飯師傅已經到會計處給他領來了兩天的工錢，加上車費，塞在他墨墨黑黑的兩隻手裡，他說道：「不好意思，不好意思。」又說，「明天我再來。」

「可以了，可以了。」飯師傅連聲說道，將他送出食堂。

第三天，他果然又來了，還帶了一些工具，在灶門前擺開攤子，大張旗鼓搞了起來。食堂裡的人走來走去，不當心就會絆跤，臉上自然露出了不耐煩，連飯師傅也有點吃不消了，又不好講話，人家是幫忙的呀。這天中午，二斤六兩煤就燒熟了一頓飯。飯師傅沒有再留他吃飯，他也不好意思留下，便出去轉了個圈子，估計人家飯吃得差不多了，他又轉了回去，接著搞。這樣過了幾天，等到只用一兩煤，五斤發火柴就燒好一餐的時候，飯師傅的忍耐也到了限度，就對他說道：

「謝謝老師傅了。我們工作很忙，曉得老師傅也很忙的，不好意思麻煩了。」

「不要緊，不要緊，反正我在家裡也是搞節煤研究的。」他回答。

「領導上已經說我們了，沒有經過批准就亂用臨時工。不是心痛幾塊工錢，實在是帳目上不好開銷。」飯師傅又說。

「我不要工錢，我不要工錢，我是心甘情願來幫忙的。這只爐子還可以少燒……」飯師傅實在按捺不住，面孔就有些沉下來，打斷他說道：「煤爐嘛總歸要燒煤的，要叫它一點不燒，飯就不要想熟。可以了，可以了，你回去吧。」

他還想爭辯，但一看飯師傅的面色，就不敢再說什麼了，只好拎著家什走了出來。外面是陽光明媚的外灘，綠樹叢中，老人在打太極拳，小孩坐在童車裡，輪船泊在江水裡，汽笛長鳴，很大的風從陰暗的狹弄裡吹出來，吹到陽光下便消散了。混沌的江水不動似地波動，人來車往，織成一條活躍的河流。心裡有些惆悵，仍想著那爐子至少還可以再少燒半斤柴爿的。

7

回到家，女人問：「還好吧？」

「蠻好。」他回答，卻不朝女人看，慚愧似的，匆匆走過，逕直上了閣樓。他在閣樓中央站了一會兒，便蹲下來，將那只盛煤球的空籮筐合撲在地，上面鋪了紙，憑著回憶，將那食堂爐畫了圖紙。

那一抹含了煙塵的陽光一點一點移過，移到了盡頭，沒了，便換來一無雜質的月光一點一點移，等那月光移到了盡頭，日光卻又來接替。無數次的更替過去，到了年底。這一日，阿大從同學處得來一張展覽會的票子，展覽的是文化大革命後生產戰線上的偉大成果。據說有一些革新產品。他接了票子，便獨自去了。

他走進莊肅的展覽館。很高很高的大理石的穹窿深邃、威嚴、肅穆，籠罩在他頭頂。他略有些暈眩，就去扶那扶手。大理石的扶手冰涼著他的手心。他稍站一會，定了定神，才移開步子，慢慢地看去。機床擦得錚亮地罩在玻璃框裡，看上去像模型一樣，而大型的水壓機做成小小的模型，卻精確得像眞的。人群很擁擠，卻都是快快地走過，看西洋景似地來看，卻看不到什麼西洋景。擁擠的人群過去，留下少數幾個人清靜地細細看著，看了實物又看介紹，緩緩地移動腳步。

他緩緩地移動腳步。大理石的地面隱隱倒映著他的身影，每一步都像是踩在自己的腳底上似的，那感覺十分的新鮮、離奇。他一邊欣賞著展品，一邊爲那感覺困惑著。他不敢抬腳，只是漸漸地滑行。他滑行到一圍欄杆前，欄杆圈起一個爐灶，普通的食堂爐灶。看見爐子，他便格外來了精神，差一點踉蹌起來，卻見那爐子十分地面熟，細細一看，心裡不由一驚，那爐子的構造，各方面的比例，與自己在手管局食堂灶披間裡侍弄了幾日的煤爐，十分地相似。再看那介紹，說是一百多人吃飯，十三斤煤便可完成，心想還不如自己的那個。再看那爐灶，實在與自己做過的那個相似，連極小的細微之處都像。自然，這個是嶄新的道具似的，而那食堂裡則是煙熏火燎一摸一手黑的。他看看那展品的研究單位，見是節煤辦公室。心中十分疑惑，再沒有心思看別的展品，心想世界上再巧也不會巧到這般地步，兩個人的想法會這麼分毫不差，就是雙胞胎仔細看也能看出區別。又想起上回的煤球爐子，總覺得自己與人撞車也不致撞到如此地步。看看那只改良過的食堂爐灶，明明是自己的勞動，卻標上了別人的名字，心下就有些氣不過。他很快地走到角落裡正坐著瞌睡的講解員面前，也顧不得腳底下自己的倒影攪得頭昏。他叫醒那講解員，說道：

「這只爐子是我的，你們怎麼好標節煤辦公室的牌子。」

講解員對他翻了眼白，說道：「你這人有沒有毛病？憑什麼說這爐子是你的，我要說是我的，可以吧？」

「這爐子就是我的，是我研究的，半年前我在手工業管理局的食堂裡做的。」他說。

講解員當他發毛病，不睬他了。

「你們怎麼可以剽竊人家的發明！這是犯法的，你曉得嗎？」

講解員笑了：「你說是你的，你喊喊它，它應吧！」

他沒有辦法回答，面孔急得煞白，只好連聲說：「剽竊，這是剽竊！」

講解員煩了，一揮手：「你和我吵什麼吵，去和負責人講好了。」

「負責人在哪裡？」他認眞地問。

「辦公室在那邊。」講解員又一揮手，再不理他了。

他眞地朝辦公室走去了，辦公室裡有個戴眼鏡的人，他就對他說：

「你們展覽會上的那只爐子是我的，爲什麼要標人家的牌子？」

戴眼鏡的人很奇怪地看了他一眼，問道：「你是什麼單位的，工作證拿來看看。」

「我沒有工作證，我沒有單位，我在手工業管理局的食堂裡做過臨時工，幫他們弄了一只爐灶，和展覽會上的一式一樣。不過，這只爐灶實質上可以改到一斤煤也不燒，只燒五斤劈柴，甚至四斤半劈柴。」他說道。

「你研究爐子，蠻好。可是別人也可以研究的呀！對吧？」那人態度很好地說。

他反倒說不出話來了，呆了一會兒，他說：「我有證明人的，我去找證明人來。」說完轉身就走。他連跑帶滑地走出展覽大廳，走下台階，手摸著扶梯，一路摸下去，冰涼的大理石在手心裡撫燙了，他跑出展覽館，跳上一部汽車，向外灘去了。

飯師傅正在燒飯，見他來，面孔就有點拉長。他卻只顧直直走上前來，說道：「你要跟我去做一趟證明。」

飯師傅一驚，飯勺子差點落在地上，問道：「何事要證明？」

「我給你們做的這只爐灶，人家搬到展覽會上去，掛了他們的牌子。」

「你怎麼曉得那就是你的爐子？」飯師傅鎮定下來問道。

「和這只爐灶一模一樣的嘛！」

「這也不好說就是你的呀，你會做，人家也會做的呀！」

想不到飯師傅都不幫他，他的失望是無法形容的，人像洩了氣的皮球，一點一點癟掉，最後癱了下來。

飯師傅見他可憐，便嘆了一口氣，說道：「我也不敢說一定不是你的爐子。你幫我們弄過爐灶之後，一個月下來，節約了許多煤，領導很高興，報上去，報到了節煤辦公室。節煤辦公室就到我們食堂裡開了現場會，把爐灶裡裡外外都畫了樣子，才走的。」

「這就是剽竊嘛，你要爲我做證明的。」他抬起頭，重又燃起了希望。

「但是，我也不敢講一定就是你的爐子。大概人家和你想到一起去了呢！與你這樣想也與人家這樣想呀！」

「沒有這樣巧，是剽竊！」

「我說你也不要瞎講了，這『剽竊』兩個字是不好隨便講的。你講人家是剽竊，人家講是總結了群眾的經驗，比較起來，還是人家的話有理，對吧？」飯師傅勸阻道。

他懊喪已極，一句話也講不出來了。

「我看你這次就算了，算你吃虧！算了！下次當心點好了！」飯師傅勸他。

他坐了一會兒，悶悶地走了。飯師傅送他到門。一直不停地勸他：「算了，算了，這一次虧，我們吃進了。算了！」

他木木地點點頭，出去了。

他木木地穿過馬路，乘上四十八路。汽車一站一站開，開過繁華熱鬧的馬路，高樓大廈漸漸矮了，平了，只剩下一塊收過了的菜地和立在地邊上的一座兩座平房。

下了車，他慢慢地朝家走。進了弄堂，就有人向他招呼：「過來看看爐子吧，兩斤拔火柴才生著。」

他回答道：「晚上過來。」走到自家門前，工場間正好下班，女工們撲打著身上的毛毛頭，嘻嘻哈哈走出來，和他招呼：

「回來啦？」「回來啦。」「辛苦啊？」「不辛苦。」

進門，女人已從灶披間往客堂端粥，就問：「還好吧？」

「蠻好。」他回答。

小孩子便在飯桌邊坐團了，等著吃粥。

他心裡堵得滿滿的，一點胃口也沒有。阿大把一碗滾燙的粥遞到他面前，看了看爹爹的臉色。他正抬眼，與阿大的眼睛相遇了。他心裡不覺一熱，還是阿大懂事情啊。阿大一日一日長大，老早不是小孩，嘴唇上都長出了毛茸茸的鬍子。這麼一想，心裡好像托了底。先吃粥。吃過，等女人撤下碗筷，他將阿大叫來身邊，便將白天的事情一五一十告訴了阿大。阿大聽畢，皺起眉頭想了一陣，忽然鬆開眉結，眼睛一亮。

「爹爹，我們去找毛主席。」

「找毛主席？」他一怔，「到什麼地方去找呢？」

「北京，中南海。」

「毛主席找得到？」

「怎麼會找不到？」

他想也是，有地址，有姓名，怎麼會找不到。他想了想又問：「毛主席會不會出去呢？」或許不是日日在中南海裡的。

阿大一想就說：「我們先給毛主席寫封信。」

「毛主席收得到？」

「貼足郵票，爲什麼收不到？」

聽聽都是對的，可總是不踏實，就又問：「毛主席要不在怎麼辦？」

阿大不耐煩了：「毛主席的祕書會轉給他的。」

想到毛主席是有祕書的，他心裡略微踏實了，和阿大商量了一會，就動手寫信了。信上寫，敬愛的毛主席，我們這裡有許多許多爐子，有煤爐，也有柴爐，還有食堂爐灶，能夠大大地節約用煤，好處很多，就是不能得到推廣。我們想春節的時候，帶兩只爐子到北京中南海去，向毛主席獻禮。信寫好封好，由阿大拿到四川路郵電總局，航空掛號寄出。

寄出之後，他和阿大就開始盼望。過幾天，他說：

「毛主席今天好收到了。」

過幾天，他說：

「毛主席今天總好收到了。」

又過幾天，他又說：

「毛主席今天大概要寫回信了。」

阿大便說：「這事，要毛主席親筆寫信也是不大可能的。」

他就說：「毛主席今天大概要交代祕書寫回信了。」

等等，他就問阿大：「毛主席怎麼還沒有回應呢？」

阿大便說：「毛主席的信件老多老多的，不是當日信當日就能看到的。」

等等，他又問阿大：「毛主席怎麼還沒有回應？」

阿大說：「毛主席要回的信老多老多的，不是當日信，當日就可回得的。」

這樣，一日一日等下去，眼看到了陰曆年底，就要過春節了，毛主席的回信還沒有到，他便爲難起來。信上寫得清清楚楚，春節要給毛主席送爐子去，毛主席雖然沒回信，那信卻是一定收到的，說不定等著呢！到底是去還是不去？他拿不定主意，問問阿大，阿大也有點慌了。這時候，小黃來了，他已經調到另外一個地段做戶籍警，有時候還來坐坐，只不過不像過去那麼經常了。

這時，他見小黃來，像看到了救星，馬上拖住他，向他把事情說了，求他給拿個主意。小黃聽過之後，很乾脆地說：

「和毛主席說過的話，不是兒戲的，你要去的，老王。」

聽小黃這麼一講，他倒心定了，當即下了決心：去！接下來，便是車費的問題了。他和阿大將一張紅木大床和四只紅木靠背椅拉到拍賣行賣了，小黃又借了一點給他。湊足了，正要去買火車票，小黃卻又帶來消息，說是因爲珍寶島事件，北方吃緊，往北去，尤其進北京的車票都不能隨便買，要有一定級別的介紹信。是不是到市革會去講明情況，請市革委開一張介紹信，車票沒有問題，連吃住都可以解決了。阿大便說，還是他去市革會，爹爹日日在家裡，搞不清外面的形勢，弄不好又要講錯話壞了事。小黃也講這樣妥當。第二日一早，阿大便獨自出發了。

直到中午，阿大才興沖沖地回來，進門就說道：「爹爹，北京不要去了！」

「做什麼？」他一驚。

「市革會已經曉得了，北京的公文已經到了，過幾日，北京就要有人來找你了。」

「眞的啊！」他幾乎不相信自己的耳朵。

「眞的，爹爹，我們只要等在家裡就可以了。」

他呆呆地坐在椅子上，半天，才哭似地笑道：「阿大，這不是作夢吧！」

這一天，正是除夕，這裡飄起了雪花。上海的冬天少有落雪的日子，這是個奇特的冬天。雪花鵝毛似地飄下來，蓋白了大地，變成了個銀白的世界。

8

春節過後的一天，他正在閣樓上研究爐子，無意中一抬頭，從窗口看見有四個人朝這裡走來，他們慢慢地走過來，推了推鐵皮門，喊了一聲什麼，才見女人匆匆地跑過院子，與他們說話，然後就將他們引進院子。他猛然覺悟過來，幾乎是從閣樓上跳了下來，女人正要上閣樓，對他說道：「北京來的人，找你呢！」

他來不及回答，直往前邊客堂跑去。那四個人一個一方圍了張八仙桌坐著，見他進來，就有一個人問：

「是王景全同志嗎？」

他激動得發不出聲音，就使勁點了點頭。

「我是區革會的，這位同志是市革會的，這兩位是北京來的，這位是煤炭公司的，這位是節煤辦公室的。」他一一介紹道。

他一一點頭。卻再記不住誰是誰。那四個人在他眼睛裡是那麼相像，分不出彼此。

「我們是受上級委託，來看看你的爐子。」

他這才說出話來：「爐子都在閣樓上。」

「你先坐下來把情況介紹一下。」那人很和藹地微笑道。

他便坐下。這時，女人端過茶來，也給了他一杯，他接過來喝了一口，說道：「我的爐子，主要有四種。」

來人都摸出筆記本，拔開鋼筆帽，刷刷地記著。

「我自己分爲一號、二號、三號、四號。」他漸漸鎮靜下來，說話流暢了，「一號是民用煤球爐子，一只七錢重的煤球，一張舊報紙拔火，三十分鐘燒熟一斤米；二號是一只打鐵爐，可以用地方煤、石鹼煤燒出北京煤的水平，但是這種爐子目前因爲條件限制，只有一只模子和圖紙；三號是只柴爐，專門燒柴，最適用於農村，二兩柴就可以燒熟兩斤米；四號是食堂爐灶，一百個人吃飯，四斤半柴就可以燒熟了。」

「你說得稍微慢一點。」其中一個人插空說道。

他便喝了一口茶，放慢速度：「我同時還在研究，將地方煤、石鹼煤用於工業。而我的最終目標，是要進行植物能源的研究，煤是用得光的，而植物是從地裡長出來的，並且也沒有污染，用沼氣發生能量，搞一套管理系統，進行儲存、傳送……」

他們記錄的速度漸漸鬆弛下來，有的索性不記了。

他壓低了聲音，很知心地說：「我現在最最大的困難，是經濟方面。進行這種研究是很花鈔票的。所以我現在的研究只好在圖紙上進行，無法實踐。」

有一個人很溫和地打斷了他的話，說：「老王同志，我們的時間很緊，現在是不是先選定一號爐做個試驗好吧？」

「好的，好的。」他立即站了起來，要去搬爐子。

那人又說：「是不是這樣試驗，就照你們家平時的生活，人口，過一天，看一共要用多少煤。」

他想到自己平時的生活就只燒三頓粥，是沒有普遍性的，總不好算數，就沒有說話。

那人繼續說道：「一天三餐，早上一頓粥，中午、晚上，各一頓飯，四菜一湯。就照這樣的水平進行試驗，好吧？」

大家都說：「好的，好的。」

他便也不好說別的，也說：「蠻好，蠻好。」

隨後，大家坐下吃茶，等待開場，他則走到灶披間，與女人商量：「四菜一湯弄得出來吧？」

「領導要在這裡吃飯？」女人緊張地問。

「不是，是要我們做試驗。」他將試驗的內容告訴女人。

女人說：「硬是要弄四菜一湯，也弄得出來。炒鹹菜，炒蘿蔔乾，炒黃芽菜，炒洋山芋，青菜湯，菜是自家園裡種的，有的是。只不過，教領導看了，很難看的，只當我們在哭窮呢。」

「這怎麼辦呢？」他急得沒有主意了。

「我到張伯家去借一塊錢，買點肉，切切肉絲。」女人急中生智道。

「蠻好，蠻好！」他心裡一亮。

來不及想好借過之後怎麼還帳，他就催著女人去了。接下來，他把東西都搬到前客堂裡，稱好米，煤球，動手燒第一頓粥了。

一邊等粥滾，大家一邊抬頭看這房子：「這房子蠻好玩的，是你自家的啊？」

他回答說：「是我祖父手裡造起的房子，現在已經不成樣子，地板爛了，老鼠造反。」

「可惜了。爲什麼不修一修？」

「我十歲那年，大修過一次，後來就沒有修過。沒有能力修了，這是要花鈔票的。」

「房管處不管啊？」一個人問。

所有的人一起回答他：「私房，房管處不管的。」

說著閒話，粥滾了，讓它滾著。

「老王同志怎麼沒有工作呢？」又有人問。

「唉，這個說起來話就多了，只怕三天三夜也說不完。」他說。

這時，女人回來了，走過堂屋門口，朝他看了一眼，他明白事情妥了，心就更加放了下來，一五一十說了起來。

粥好了，燒飯，飯好了，炒菜，燒湯，湯好了，再燒飯，炒菜，燒湯，僅僅兩個小時，一日三餐就弄停當了。一計算，只用一斤四兩煤球。大家都說：

「奇蹟，奇蹟！」

他卻還有點沮喪，說道：「平時更加少。」

北京來的同志當場拍板：「推廣，先在全上海推廣！」

他定定地站在那裡，半日沒有反應過來。直到那四個人輪流走到他面前，拍他的肩膀，與他握手，說道：「再會。」他才漸漸地醒悟過來，應著「再會」。跟在他們後邊，將他們一直送到了馬路上。太陽當頭照，眼睛有點睜不開。一部一部卡車飛也似地馳過，擦著地面，「颼颼」地響。

從此，一個轟轟烈烈的時代開始了，每日裡都有幾十個人上門參觀學習，最多的一日，竟然達到一百二十一人次。四面八方聽到消息都要來看準備送給毛主席的爐子。日日門庭若市，早上人還沒起來，外面就有人等了。消息傳到了外地，外地好幾個地方寫信來，向他要技術，要圖紙，說要投產，有一個地方還要來人請他蒞臨指導，只等他的回信了。但是他都沒有回信，因爲上次北京來的領導清清楚楚講過，先在上海推廣的。上海市革命的領導也清清楚楚地講，由他們來安排推廣。上海沒有推廣開，當然不好先到外地去推廣。他一邊接待來參觀爐子的觀眾，一邊等待著市裡派人來聯繫。

這一天，上海節煤辦公室的兩個同志拿了市裡的介紹信，終於來了。

「你就是王景全啊？」那兩人中的一個問。

「是呀，王景全就是我。」

「你蠻有魄力的啊，給毛主席寫信。」那人笑嘻嘻地說。

他不知道怎麼回答，就不回答。

「你的爐子呢？讓我們看看。」另外一位說。

「就在這裡，就在這裡。」他指指客堂的中央，那裡立著一個爐子，專供參觀的。

「就是這只啊！」那人用腳尖碰碰爐子，很輕蔑的樣子。

「你不要看它貌不驚人，可是七錢一只煤球就可以燒熟一斤米呢！」他略微有點不高興，這麼說道。

「噢，那眞是了不起啊！」那人說。

「你燒給我們看看吧。」另外一位說，用下巴點了點爐子，兩隻手插在褲袋裡。

他便稱煤，量米，開始燒。

「你不要做什麼手腳啊！」那人笑嘻嘻地說。

他不響，將煤爐拎起來，給他們看看清楚，裡面並沒有藏著什麼可以幫助燃燒的東西。

「燒吧，燒吧，抓緊時間。」另外一位比較嚴肅，催促道。

他便燒了。這只爐子也像曉得人事，特別爭氣，只燒掉大半只煤球，飯就熟透熟透。

兩人不作聲了，端詳著爐子，另一個人忽然說：「你這爐子還是有問題。」

「什麼問題？」他問。

「你這只爐子在很大程度上要取決於燒飯人的技術，並不是爐子本身的改革。不是每個人都有你這套技術的嘛！」

他說：「這倒並不見得，我在我們弄堂裡八十幾家人家，家家安置了一只爐子做試驗點，他們都是憑著一般經驗燒的。一個月最多的也只用八十斤煤球。不相信，你們可以去問問。」

「噢，你在八十幾家人放了爐子？」

「已經放了有好幾年了，這裡左鄰右舍，都是用我試驗的爐子燒飯，用得很稱心的。」

兩個人又看了一會爐子，然後站起身說要走了。

他隨著他們問道：「到底什麼時候投產推廣呢？」

他們先是不回答，後來給他問得沒有辦法了，就說：「我們還要回去研究研究，因爲我們手裡也有好幾只爐子，要選一只最好的推廣。」

「你們那裡也有爐子啊？」他驚訝地問道。

「只許你有爐子，人家就不許有了啊？」那人笑嘻嘻地說，然後兩人走了。

這一天，他早早地關上了鐵皮門，拒絕參觀。心裡覺著有點不大對，那兩人的態度很是奇怪，像有一點火氣。可是自己並沒有什麼和他們過不去呀！他們是犯不著對自己生氣的。那兩個從北京來的人也不曉得在不在上海了，找到他們興許還會有點辦法，但是到什麼地方去找他們呢！他正發愁，卻聽見有人輕輕地敲門。他叫女人去說一聲，今天晚上不參觀了。女人跑去一會，卻帶了一個人回來，原來是張伯。一看是張伯，他便站了起來：

「爐子出毛病了，張伯？」

張伯把他按下去說：「爐子蠻好，我是來告訴你一樁事情的。」

「什麼事情，你說好了。」

「今天，上面來了兩個人，到我們家來，先是講要看看我們的爐子。我不在家裡，出去了，人家叫我下棋去，我就去了。老太婆就帶他們去看了。他們又問一天要燒多少煤球，老太婆如實告訴他們了。隨後他們就問：『王景全的爐子給你們燒，收不收鈔票？』老太婆講不要鈔票的，他們好像不大相信似的，走到門口，又說：『有什麼情況要如實反映，不要包庇。』老太婆嚇得不敢響了，回來告訴我，我一聽，就覺著不大對頭。老太婆講，除了我們這裡，還去了別人家，也是問收不收鈔票，要我們如實反映。」

他一聽，心裡就有點慌，鎮定了一下，問道：「這兩個人是從什麼地方來的？有沒有說起過呢？」

「老太婆也講不清楚，只講是從上面領導派得來的。」

「人生得什麼樣子呢？」

「這倒講了，一個年紀大點，一個年紀輕點，一個面孔很板，一個卻是陰陽怪氣的。」

他一聽，就有點明白了。

「大概也不會有什麼事情，我只不過來告訴你一聲，要當心點。」張伯說畢又扯了一會閒話，就站起身走了。

他一個人呆呆地坐了一會兒，心裡想著，弄不好爐子推廣不開，人倒要送去改造了。人去改造倒不要緊，只是爐子怎麼辦？想到改造，他的心倒橫了下來，索性隨便他去，上海不肯推廣算數，外地不是願意生產嗎？他立即就想提筆給外地寫回信。但是再一想，就是到外地推廣，還應該和本地打個招呼，最好再對北京的人告訴一聲，否則也是理虧的。節煤辦公室就是態度冷淡，卻並沒有講不推廣。不管他們做事怎麼不上路，自己做事情都要做在道理上的，他這麼一想，心裡就稍稍安定了一點。

當夜，他就給上海的節煤辦公室寫了一封信，又給北京的節煤辦公室寫了一封信。

寫好信，已是夜深，他覺得有點氣悶，便踱出房門，在門口台階上站了一會兒。月到中天，幾乎滿了，明鏡似的懸在高空，一絲遊雲從它前邊飄過，稍稍朦朧了一下便又明徹了。月光穿過稀疏的籬笆，照得院子斑斑駁駁。一片水跡結了薄冰，映著反光。一叢車前草，結了一穗沉甸甸的籽，一粒一粒被月光照得透明似地發亮。

他站在台階上，溼漉漉的寒氣像一張看不見的網，慢慢地從頭上降落，罩了下來。

9

上海的回應很快就來了。來的不是上次那兩個人，而是一個年輕人，態度也很和氣。進門就要握他的手，他本能地一縮，卻已經叫他緊緊地握住了。

「老王同志，辛苦了。」他搖著他的手問候道。

「還好，還好。」他不知所措地回答。

他終於放開了老王同志的手，兩隻眼睛卻依然熱切地望著他，望得他心裡不由地一熱，趕緊說：

「同志，你坐，你坐。」又朝後面灶披間叫了聲：「泡茶！」

女人應聲而出，端了茶來。

「你坐，你坐！」那人卻要老王先坐。

兩人謙讓了一會，一起坐下了。

「老王同志的工作很有成績啊！」年輕人說道。

「沒有什麼，沒有什麼。」他回答。

「我們領導很重視的，特地委託我來看望看望老王同志。」

「謝謝，謝謝。」他不由站了起來，卻被年輕人按住了。

「我也和你一個姓，姓王。」他自我介紹道，「你叫我小王好了。」他很豁達地說。

「小王同志。」他叫道。

「不客氣，不客氣。」小王說。

「小王同志，我的信……」他只說了半句，就叫小王打斷了：

「領導委託我來看望你，想請你出山呢！」小王說。

「出山？」他一時沒有明白。

「想請你出來工作，到節煤公司下面的一個基層單位工作，不曉得老王同志意見如何？」

「我工作不工作無所謂，只要爐子能夠推廣。」他回答說。

「這和推廣爐子正是一致的呀！你出來工作，就正是對推廣爐子的有力支持嘛！」小王說。

「那麼你的意思就是說，要我參加推廣爐子，是吧？」

「正是這個意思。」小王同志見他終於明白了，高興地拍了一下桌子。

「好的呀，你等我一會，我準備準備就跟你去上班。」他說著就站起來，卻被小王同志擋住了：

「不急，不急，你再晚幾天上班也不要緊。要是便當，先把圖紙給我帶回去研究研究好了。」

「也好，也好。」他站起身，就朝外走，上閣樓去拿圖紙。可是，當他爬了半截木梯，忽然立定了，他心裡覺得有點不大對頭。事情怎麼會這樣急轉直下？那小王的態度也熱情得太過，反教人不相信起來。他想起前幾次的教訓，頓時醒悟過來，看來又是一個圈套。想到是圈套，他不由地驚得背脊上出了一片汗。圖紙是隨便怎麼也不好脫手。他慢慢地退下梯子，心裡編好一套話，走回了客堂。

「我想起來了，」他說道，「圖紙上有幾處小錯誤還沒有糾正，我抓緊弄弄好，弄好了，就給你們送去。」

「也好。」想不到小王也十分爽氣，一仰頭把杯子裡一點茶腳吃乾了，立了起來，「我回去了。出來工作的事情，希望老王同志認眞考慮，及早作出答覆。」

「好的，好的。」他將小王送出門，小王轉過身，捉住他的手，又是一陣熱烈的搖晃。他的兩隻眼睛分得很開，顯得十分開朗，並且善相得很。老王不由得心裡一軟。搖過手，小王又嚴肅起來，說道：

「老王同志，我們希望你慎重考慮推廣問題。我們的意見是，上面領導已經作出指示，在上海先推廣，外地就暫時緩一緩。」

「是呀，是呀，我信裡的意思是講……」

「從感情上講，大家都是上海人，吃的是一條黃浦江裡的水，心總是向著上海。」

「我是希望上海能夠……」

「倒不是地方主義。上海工業條件好，推廣工作也最可能順利進行。」小王同志懇切地說。

望著小王那張開朗坦誠的臉相，他幾乎要相信了他。可是前幾次的教訓實在是太深刻了，他還是硬硬心腸將他送走了。看了小王走遠，消失在轉彎處，他才慢慢回轉身，走過院子，進了門。他走上閣樓，從吊在梁上的一只帆布書包裡摸出一卷圖紙，湊著昏昏一方亮光展了開來。他細細地看著那圖紙，看了半日，又重新捲好，塞進書包，卻再不肯把書包吊在梁上了。這個地方太容易被人發現，只要走上閣樓，一眼就看得見這只書包在那裡溢來溢去，這是很不安全的。他找了一張油紙，將圖紙包嚴，放在左面牆從左往右數第四只爐子的爐膛裡，再塞進幾塊劈柴，撒一點煤灰，一點也看不出裡面塞著的東西了，他才放心，站了起來，拍拍灰，倒退著一步一步從梯子上爬了下去。

這一個晚上，他睡得很不踏實，作了許多亂夢，夢見那卷圖紙沒有了，他正著急，只見那狹扁的窗口有一隻手揮了一下，他立起身子，透過窗口一看，一個小小的人影正穿過月光普照的院子，推開鐵皮門，出去了。他出了一身冷汗，醒了。女人深沉的鼻息聲起伏著，四下裡一片寂靜，他便暗暗嘲笑自己神經過敏。

過了兩天，那小王又來了，自己推開鐵皮門，穿過院子，跳上台階，大叫「老王。」他匆匆迎出，將小王引進客堂，沒坐定，小王便說：

「老王同志考慮好了沒有？我們已經給你安排好了單位，專門負責技術。工資，暫時先按照臨時工的，再加上津貼。隨後，我們想辦法，爭取恢復到老王辭職時的工資水平。」

「那個時候我每個月領一百多塊呢。」他說。

「我們會得考慮的，會得考慮的。」小王同志連聲答應。

他不曉得怎麼回答，默了下來。

小王又說：「假使老王同志還需要再考慮，那麼我過幾天再來。」

「也好，也好。」他趕緊點頭。

小王接著問：「圖紙弄好了沒有？領導叫我最好今天把圖紙帶回去，大家就好動手研究了。」

他臉紅了，支支吾吾地說：「這幾天人不大舒服，頭痛，心裡難過，還沒有弄。」

「那麼我就下次來拿，老王同志，你快點噢！」小王立起身要走了。

「什麼快點？」他沒聽明白。

「兩樁事情都要快，一是圖紙，二是工作。」小王說著，人已經走了出去，又轉回身來，嚴肅問道，「老王，你沒有把圖紙寄給外地吧？」

「沒有，沒有。」他趕緊地說。

「蠻好，蠻好。」小王一聽鬆了口氣，很輕鬆地走了。

他心裡卻又明白了一樁事情：原來他們是以工作來調他的圖紙啊！

他退回門裡，匆匆上了閣樓，在左面牆從左朝右數第四只爐子面對蹲下來，手伸進去摸了摸。圖紙還在，他便抽出來，打開油紙看看，蠻好，十幾張圖紙一張不少。又重新包好，調到隔壁一只爐子裡放好，塞進幾塊劈柴，撒上一點煤屑，然後才站起來拍拍身上的灰，下了閣樓。

這一天，他心裡總不大安定。阿大已經接到工礦的通知上了班，要到晚上才回來，他便想去找小黃商量商量。他想定了就出了門，走出支弄，走出弄堂，等來公共汽車，一隻腳已經踏上去了，心裡卻怦的一動。他突然想起，他將那卷圖紙抽出來看過之後，卻沒有放好。他背脊上冒了一層冷汗，頭腦轟地一響，一隻腳從踏板上縮了下來，只聽「啪」的一聲，車門關了。他又是一驚，再定下心來回想當時抽出圖紙以後，究竟做了哪些動作，卻一點也想不起來了。他只記得當時確實想過要調到另一只爐子裡放好，卻想不起來究竟是放了還是沒放。他別轉身就往家裡走，走進弄堂，彎進支弄，推開鐵皮門，穿過院子，跳上台階，爬上閣樓，撲到左面牆從左朝右數第五只爐子面前，手伸進去一摸，先是一驚，隨後便定心了，手觸到了一卷東西。他抽出一半看看，正是圖紙，又放了回去。這時候，人軟得一點力氣也沒有，一屁股坐在了地上，一口一口喘著氣，聽著怦怦的心跳。

「都是前日的夢害人。」他心想，慢慢地定下心來，卻再也走不動了。他坐在地上，從狹扁的窗口裡看出去，只見女人正蹲在院子裡給蠶豆拔草，一動一動，傀儡戲一樣。看著看著，忽然那身影變成自己母親的身體，不是在種菜，卻是在養花，養的是月季。母親喜歡月季。開起來爭紅鬥艷，好不熱鬧，可惜不長久，一場風雨，就只剩個落紅滿地。那蹲在一邊玩爛泥的阿五，又變成了自己，穿著小長衫，緞子馬甲。爹爹帶了自己去杭州逛西湖，博覽會上的奇光異彩在眼前閃動起來。長袍馬甲的自己漸漸長高，身上的穿著卻成了短打。年輕時，倒也西裝革履的風光過，終究還是落到一領布衫。那母親的身影漸漸還原成了女人，自己還原成了阿五，一園的月季漸漸凋零，成了菜畦……他呆呆地想著心事，一直等到阿大踏了那部從拍賣行買來的舊車子，匡哩匡哩進了院子，他才支撐起身子，爬下閣樓，對阿大交代道：「吃過晚飯，你馬上到小黃家裡去一趟，告訴他，我有要緊事情和他商量，請他立即來一趟。」

晚上，小黃踏了一部腳踏車，跟著阿大一起來了。一看見小黃，他頓時覺得有了依靠，話沒說，心裡已經篤定了幾分。將他讓進客堂，坐好了以後，便將這幾天發生的事情前前後後都告訴了小黃。小黃聽了，摸著下巴，沉吟了許久。在他沉吟的時候，他一直極其信賴地看著小黃的面孔，琢磨著上面每一點細微的表情。良久，小黃才放開下巴，說：「老王，他們會不會真的誠心推廣了？」

他說道：「他們要是真的誠心推廣，把我喊了去就可以了嘛，我就是一張活圖紙，根本用不著圖紙的。可是，他們卻那麼急齁齁地要圖紙，這就蹊蹺了。」

「大批量生產，光是嘴巴講也是不行的，需要圖紙倒也不算錯。」

「但是你想想，前幾日還在調查我，想要搞我哩；幾日工夫，卻又要推廣，不僅推廣，還要給我介紹工作，這不是轉得太快了嗎？」

「大概，事情是要好起來了呢？」小黃猶猶疑疑地說。

「唉，小黃，」他傷感地抬起頭，看了一周破敗的屋頂，說道，「我現在是只相信事情只會一日一日壞下去，再不相信會一日一日好起來了。」

小黃聽了也有些難過，心裡雖然覺得事情並非沒有希望，但也不敢再勸老王去試一試了，前兩次的教訓實在夠人享用一生一世的了。但是，他又說：「你這麼多年研究了這麼多爐子，總不好都藏在家裡爛掉，也太可惜了。」

他垂下頭，說：「我是想叫它們都出去呀，不過，現在看起來不好指望別人了，大概只好靠我自己了。」

「你有什麼主意，就講出來，我和阿大可以爲你出出點子。」小黃鼓勵道。

「爹爹，你講好了。」阿大也說。

他沉思了一會，慢慢說道：「我想來想去，只有我自己去一家一戶推廣了。」

「到什麼地方去推廣？」小黃和阿大一起問道。

「我想到浙江鄉下地方去推廣我的那一只柴爐，一邊幫鄉下人做柴爐，只要他們給口飯吃，一邊還好研究植物能源。」

「你怎麼去法呢？」

「我想踏了阿大的腳踏車，沿著鐵路線走，走一圈去。」

「爹爹，你這麼大年紀了。」阿大提醒他。

「不要看我年紀大，我身體很好的。」

「他們講過不讓你到外地推廣的呀！」小黃又提醒他。

「他們講的是不要寄圖紙。再講我推廣的是一只柴爐，和他們講的那只煤爐並沒有關係。」這時候，他異常地清楚。看來，這已經是考慮許久的了。

小黃和阿大都沉默著。

「我一家一戶做過去，每一只爐子上都寫上我的姓名，地址，標上三號爐。如果有人看到號數，覺得奇怪：這是三號，那麼必定還有一號，二號。這樣，不就把我的爐子都拎了出來？」他興奮起來，眼睛發亮。

小黃和阿大看著他，不覺有點詫異。

「我一走，就是阿大要辛苦了，這個家要交給阿大了。」

「這倒不要緊的，爹爹，我已經賺鈔票了。」

「是呀，爹爹現在是吃阿大的飯了。」他忽然說出一句如此淒涼的話。

「怎麼好這樣講？爹爹把阿大養那麼大，還沒有享到福呢。」

既然他的主意已經成熟，決心也很堅定，別人就不好講什麼了。接下來的問題，就是學習踏腳踏車了，反正有偌大一塊院子作場地。每日裡，阿大把腳踏車留在家裡，阿二阿三阿四阿五便擁著爹爹，不讓車倒，他腳掙扎著踏，將一片菜地踏得稀爛。一日一日下來，便踏得風快了。只是上車下車都不大順當，不能夠將腿朝外騙起，優美地划過去，划過來。而是「死」上車，把腿先跨了，腳再一點地，上去了。不過，也可以了，除了不大好看以外，也沒有別的缺點。這一項考核，就這樣通過了。

阿大向他師兄借了二十塊錢，又將僅存的一件紅木家具：八仙桌，拉到拍賣行賣了五十元，買了旅行包，新做了一床被子，置辦了一套行裝。小黃到街道給他開了一封敲了圖章的介紹信。一切都弄停當了，要走了。夜裡，他睡在床上，看著腐朽的屋頂，聽著老鼠沓沓的腳步聲，睡不著，就對女人講：

「你怨我嗎？」

女人停了一會說：「還好。」

「怎麼還好？」他問。

「比你爹爹好多了。」她又說。

他不響了，翻了個身，又說：「實在過不下去了，把房子賣掉算了。」

女人不回答，只說：「睡吧。」

他再一想，現在早已不論公房私房，要賣也無處賣，這話是白講講，正笑自己沒趣，不想女人又說：

「不至於到這步田地的。要說起來，還是比前幾年好了，阿大賺鈔票了。」

想到阿大賺鈔票，他不曉得是高興，還是辛酸，想嘆氣，又將這口氣噎了，不再說話，又睡不著，只望著窗前一塊殘破的月光發呆。

尾聲

第二天一早，吃過早飯，他將行李縛在腳踏車書包架的左側，右側縛了一只柴爐，裝了圖紙的帆布書包橫挎在肩膀上，推起車子，出門了。

左鄰右舍都推門出來看他，對他說：「再會，再會。」

「再會，再會。」他回答。

來。

「保重啊，王伯伯！」

「謝謝，謝謝。」他應道。然後，將腿跨過橫梁，腳尖一點地，屁股上了座墊，騎了起來。

張伯的兒子從門裡推出腳踏車，說：「王家伯伯，我送你一程。」說著騙腿上了車，然後就有兩三個小青年學了樣，也推出腳踏車，跟了上去。別家的大人見了，也都叫自己的兒子去送一程。於是，越來越多的腳踏車簇擁著他出了狹狹的弄堂，上了馬路。

踏上中山西路，突然橫裡竄出十幾輛腳踏車，跟住他們過來，一看，阿大坐在打頭一部腳踏車的書包架上，大聲喊他：「爹爹！」

「阿大，你不上班，到這裡來做啥？」他回頭道。

「我們師兄弟都要來送你，爹爹。」阿大說。

「王伯伯，你眞有魄力！」阿大的師兄大聲地說，緊緊跟住他。

再往前踏了一段，漕溪路上颼地又竄出十幾輛腳踏車，以小黃爲首的一人，也跟了上來。

太陽就要升起，前面地平線上一片金黃，風迎面吹過來，涼絲絲的，暖烘烘的。他的喉嚨口有點堵，過了一歇，才說：「你們快回去上班吧，我自己會得走的。」

沒有人答話，依舊擁著他，向前踏去。

路上的行人見這幾十部腳踏車直往前奔，不曉得出了什麼事，便停下腳來看，有的小青年，按捺不住好奇心，掉轉了車頭也跟了過來。

有人大聲喊：「師傅，做什麼去？」

「萬里長征去！」阿大的師兄回答。

「什麼人去？」

「老師傅去！」阿大的師兄又回答。

前邊汽車開來，上百部腳踏車的鈴一齊響了起來，汽車只好讓了讓，繞過去走了。

太陽升起了，金碧輝煌，大半個天都紅了，上百部腳踏車鋪天蓋地地騎了過去。越來越多的腳踏車加入了進來，有的是送老師傅的，有的是湊熱鬧的，有的什麼也不明白，只是看見那麼一支雄壯的隊伍，身不由己地加入進來的。

「師傅，做什麼去？」

「萬里長征去！」許多人一起吼道。

「什麼人去？」

「老師傅去！」許多人又一起吼道。

太陽升起來了，大地金燦燦的，幾百部腳踏車從金燦燦的大地上軋過。

他喉嚨口堵得厲害，他用力往下嚥，嚥不下去，眼睛裡倒湧出了眼淚。他難爲情地用手去擦，卻擦不盡了。再一看，周圍並沒有人在注意他，都莫名地興奮著，直向前駛去。他便也釋然，由那眼淚成串地落去了。

越來越多的人參加進來，不問緣由，沒有緣由地激動著，向前駛去，駛過初升的陽光，駛過鋪了陽光的大路，直向前去。

龍華到了，一片彩霞般的桃花，映著碧藍的天空。不遠處傳來火車汽笛的長鳴。

一九八五年十二月六日，二稿，上海

悲慟之地

他們一人挑了一擔薑，走在熙熙攘攘的上海車站廣場。
萬頭攢動，汽車鳴著喇叭一往無前地馳來。
他們好幾次沖散了，又聚攏在一處，
驚魂未定地發現，他們走了一個圓圈，又回到了原處。

1

山東大和鄉厤劉莊有一個青年，跟他的戰友跑了一趟上海。他戰友是運輸個體戶，新近買了一輛大解放。兩人在上海吃香的喝辣的，開了不少眼界。有時候，戰友去辦事了，厤劉莊的青年就獨自個大街小巷地逛逛，眼瞅著哪塊漏了發財的機會，好叫他也拾一點。有一天，青年在菜市場跟前，見一位很俊俏的大姑娘，竹籃裡擱了一尾魚，來到一個眼瞎耳聾的老頭跟前，花上五分錢買了手指甲大的一疙瘩爛薑。大姑娘寶貴地用手捏了那薑，不捨得扔進竹籃裡。青年覺得那爛薑很對不住大姑娘似的，他想：「上海人就吃這薑啊！」然後，很有事業心的青年就專逛菜市場了，他驚喜地發現，在許多菜市場裡，連那種爛薑都沒有。許多買了鮮魚的人卻買不到薑，失望地提著籃子走了回去。薑是多麼重要啊！他按捺住激動的心情想道。於是，在他年紀輕輕的心裡，一個宏偉的計畫誕生了。

2

劉德生也要去上海賣薑了。本錢是他自己的，車錢是爹給墊的。劉德生就說：「賣了薑，我給爹買好菸和好酒。」爹說：「賣了薑，留足了盤纏才敢亂花。」劉德生笑笑，將衣物被子收拾了個包，還塞了一本《山東青年》，無聊的時候就讀幾頁。然後他想，該不該去和大葉姑娘道聲再見。昨天，她還問他什麼時候去上海。他說想捎東西嗎？大葉說不捎。他就說：「賣了薑，給你買條花裙子。」大葉正色道：「可不敢亂花錢。」劉德生笑笑，就回家吃飯了。他正想往大葉家走，忽想到：如果去和大葉姑娘道了再見，那也必須去和小月姑娘道再見了。今早晨，他好好地走在村道上，冷不防小月從後面上來，嚇了他一跳，他說：「你幹什麼，死小月！」小月就說：「你幹什麼，你幹什麼！死劉德生，死劉德生！」他說一句，小月要說兩句，劉德生就惱了，再不搭理她。他想，總得讓小月知道，他劉德生還是搭理她的。這時候，他眼前卻又躍出了另一個姑娘的身影，他還不知道她叫什麼名字。她是社會的姨表妹，前日從縣城裡來走親戚的，說是高中才畢業，正等大學的通知。她戴了副大大的眼鏡，穿一條藍裙子，一件白褂子，白褂子沒領子，繫了根細細的帶子。他和社會說去上海賣薑的事，她坐在旁邊低頭看書。他們故意大聲地說，並且老是「上海上海」的，末了她也沒抬頭。劉德生這時一心想去社會家，好讓那妮子知道，他是眞去上海，並不是嘴上過癮的。可是，剛朝社會家邁了一步，他又顧慮起來。他很細心地想到：社會是多麼想去上海啊！無奈他爹他娘硬不叫他去，怎麼也不相信社會能發財，他們認爲社會是漏財的命。他想，社會看見他這就要去上海賣薑，會傷心的。由此，他又想到許許多多和他一樣想去上海賣薑，卻因爲各種各樣緣故去不成的青年。他們或者是對賣薑這一樁事業抱著懷疑的、靜觀的態度，難以相信像薑這種平凡的東西會帶來富裕的生活；或者就是對上海那一個地方感到困惑和茫然。他們面面相覷道：「上海？啊，上海是多麼的遠啊！」因此他們猶豫再三，終於打了退堂鼓。他們中間的大部分人都說，等下一次再去；而有少部分人，則對那下定決心去上海的五個青年笑著說道：「去了上海，可別記不得回麻劉莊的道了！」

在這臨去上海的時刻裡，劉德生的心情是很激動的。他想，他要離開他從小生長的麻劉莊出遠門了，他想起他三歲那年就去世的母親，想起了患哮喘和咳嗽的父親，出嫁在外鄉的姊姊，終年在地裡勞作也僅夠溫飽的哥哥嫂嫂，他感動地想到：他是多麼幸福啊！而他又是多麼勇敢。這時候，他聽見外面村道上在叫集合了，他趕緊將挑子上了肩，對爹說了聲：「我走了。」就向村東集合的地點跑去。爹在後面喊：「跟好你九哥！」他也聽不見了。

3

他們五個人擠上了火車，擠在廁所對面的洗臉池邊。他們先把裝了麻袋的薑摞在洗臉池上，可是列車員卻讓他們拿下來，說洗臉池上不能放重物。他們只好拿了下來，堆在地上，一直摞到和洗臉池一般高，人就爬上去，高高地坐在洗臉池和麻袋上。列車員過來了兩趟，想說什麼最終又沒有說。廁所門前總是排著隊，一個接一個地進去方便。有排隊的人問他們，麻袋裡面是什麼？他們說是薑。那人好奇地又問，那麼多的薑要帶到哪裡去？他們說是去上海賣。那人便說道：「上海難道沒有薑吃？即使吃，又能吃掉多少，薑又不是蘿蔔。」他們不願意多搭理，將臉轉向窗外，望著漆黑的夜色如水一般流淌過去。車輪在他們身下叱叱喀喀地碰撞著鐵軌，有時候會發出「噹」的很響亮的一聲，好像一口鐘被擊響了。劉德生坐在洗臉池上，水龍頭硌得他屁股很疼。他看著車窗上映出的他的面影，襯著黑暗的背景，看上去他很英俊，就像是另一個劉德生似的。他斜了眼看著自己的面影，心裡驚嘆道：「劉德生，你原來還可以啊！」

車廂裡有一點騷動，列車員推開門，對著車廂大聲地嚷：「徐州到了！徐州到了！」然後將廁所門喀噠鎖上了。

車窗後邊的黑暗裡掠過了幾串燈光，像流星一般，轉瞬間又暗了下來。就有人提了行李從他們跟前走過，到門口等候下車。等候的人越來越多，漸漸湧到他們面前，排成一行。一個等候下車的男孩用腳踢了踢他們的麻袋，他的母親木著臉，沒有表情，他就又大了膽子再踢了一下。劉德生用眼去瞪他，這才老實了，躲到母親身後，半天才探頭望了望，卻見劉德生還瞪著他，心裡就有些明白，試探著朝麻袋伸了伸腳，又趕緊地縮回，劉德生幾乎要笑，男孩便有些放肆，卻被母親喝住了，那母親被困乏折磨得很不耐煩。越來越多的燈光從車窗外迅速地掠過，夜色微明著。車速漸漸慢了，車輪與鐵軌匡啷匡啷地撞擊，然後，車就停了。

這是一個大站。他們留了一個人看守麻袋，其餘的都到月台上去遛遛腿。月台上有穿了白衣的服務員推了小車銷售餅乾和山楂糕，聲音在夜晚的站台上格外地清脆。劉德生踩著堅硬的水泥地面，望著這一列靜默的列車，列車上方橫跨了一座高高的天橋。檢修工用錘子噹噹地敲擊著車輪。他想：這夜裡行車的經驗是多麼奇異，他將如何與人傳說呢？他想著大葉，小月，社會，以及社會的姨妹，他們這些人啊！這時候在做啥呢！他心裡忽然激動起來，就大大地掄了幾下胳膊，掄完了左胳膊，再要掄右胳膊時，卻聽見車上的同伴叫他們趕緊上車。徐州上來的人多，他們的窩兒眼看要被人占了。他們趕緊地上了車，爬到原先的位置坐好。車廂裡這會兒很亂，人湧來湧去的，一節一節車廂地擠過來找位置，見沒有位置就又折回頭，一節一節車廂地找回去。還有的人只站在車廂口踮腳伸頭地望過去。這樣一來，他們所坐的過道裡就分外地擁擠了。有人擠跌跤了，歪倒在他們的身上，腳在麻袋上踩來踩去的。他們嘴上不好說，心裡想：還不如踩咱們身上呢！

4

火車到南京的時候，他們居然在車廂裡找到了分散的五個位置，可是麻袋卻很難拖進來了。行李架上都放滿了，並且都好像是特別容易損傷的東西，稍一碰碰，就有一個人跳起來叫道：「不可以動！」如果與他商量，把他的易碎品放在他們的麻袋上面，他則不予回答，聾了或者啞了一樣。等他們決定自己動手調整了，則又跳將起來，叫道：「不可以動！」於是，他們的麻袋只得放在原來的洗臉池下，不時派人過去看看，有沒有少掉一件。後來，有一個上了歲數的採購員模樣的人告訴他們，不必時時去盯著看，只需停車前去守著，守到開車就可以了。到了停車時，他們中間就去了一人守著，可是等開車回來一看，座位卻讓人占了。和他講理，那人卻更有理地說：「火車上就這樣，誰遇到位子都可以坐，除非他的車票是對號的。」他們以爲坐火車就是這種沒有仁義的規矩，就不與他多做計較。幸而火車漸漸空了，不一會兒又得了一個空位。天亮了，火車從長江大橋上轟隆隆地過去，橋下的江水白茫茫的，伸向天際。車廂裡來人賣早餐券了，三毛錢一份的麵條。劉德生心想應當嘗一嘗火車的飯食，便站起來向同伴建議，卻只有一人響應，只得算了，就吃兜裡揣著的饃。摸出來時，他向鄰座那老採購員讓了讓：「老同志，吃不吃？」老採購員謝絕了，回答說：「快到家了，到家再吃，火車上的麵條是沒有什麼意思的。」劉德生聽他是上海人，就問他上海的薑的情況。老採購員很猶豫似地說道：「薑？我倒不曉得了。薑的事情，一般我是不管的，我只管回家吃飯。做飯的事情是我女人管的，她去買菜，買回來燒。」劉德生告訴他，上海現在薑是很緊張的。他聽了便說：「現在樣樣東西緊張，樣樣東西緊張，現在啊！」

太陽升起了，明晃晃地照耀著江南的田野，田野裡盛開著油菜花，金黃的一片一片，有小小的粉蝶在飛舞。一個女人在細細的田埂上走著，掮著一柄鋤子。劉德生心裡湧起一股很溫暖的感情，他想：這個女人鋤地去了。

列車播音室開始廣播，播送著一支激越的歌曲，劉德生覺著渾身熱血都被激動了起來，有些坐立不安。一夜的困乏與折騰這時候不僅沒有使他消沉，反倒刺激得他更加興奮。他請老採購員看好座位，跑到過道口去檢查他們的蘿和行李。早晨清新的陽光照在他們的麻袋上，麻袋顯得很邋遢，窩窩囊囊的。他蹲下身去，將麻袋堆了堆，想使它們看上去整齊一些。就在他蹲下身子手觸到麻袋的時候，他心裡忽然生起一股沮喪的情緒，覺得心灰意懶，使不出勁兒。他垂手站立起來，眼前一陣發黑，他驚異又害怕地想，這是怎麼了！然後又慢慢鎮靜下來。他轉身上了趟廁所，想洗一把臉，卻不知如何使用廁所裡的水龍頭，正打算罷休，不防腳碰著了踏板，龍頭下流出極細的一股清水。他趕緊用手沾了抹了一把，才覺得清醒了一些。出了廁所，他又看了一眼他們的行李，慢慢地走回了座位。老採購員見他回來，就問他廁所有沒有鎖門，他說沒有，老採購員就去了廁所。

火車無聲地馳過田野，窗外的景色飛快地抛在了身後，地平線移動著，卻被房屋和樹叢遮住了。九哥在招呼他們到行李那兒去集合，上海要到了。

5

他們一人挑了一擔薑，走在熙熙攘攘的上海車站廣場。萬頭攢動，汽車鳴著喇叭一往無前地馳來。他們好幾次沖散了，又聚攏在一處，驚魂未定地發現，他們走了一個圓圈，又回到了原處。九哥說，寧可走慢一些，也萬萬不可走散了。一是不可走散了；二是身上的錢包不能叫人摸了。這地方的偷兒，神仙一般，人不知鬼不覺的，就將人貼身的兜兒摸了。於是，他們便紛紛到懷裡去摸錢，幸好，錢還在。然後九哥又說：咱們沉住了氣，慢慢地走。反正，上海已經到了，上海又不能長腿跑了。他很風趣地說，哈哈地笑了。大家卻一點兒也笑不出來。他們喘了喘氣，再重新出發，一個挨著一個。他們的扁擔有時候撞了人，便被人怒罵著。他們聽不懂那話，只當他罵自己，依然扁擔連扁擔地向前。汽車開了過來，唬得他們四下裡要跑，卻跑不開，被人擠住了，沒頂之災即將到來之時，那汽車卻颼的一聲繞過他們開去了。看來，到了這地場，是什麼都顧不得了，他們共同地想道。

於是就咬緊了牙關，不顧死活的，敢死隊一般在廣場上直驅而前，終於來到了馬路邊上。

馬路上的車就像夏日決堤的河水一般，他們只得沿了馬路走。太陽明晃晃地照耀著，到處被照得發亮，銳利地反光。浩浩蕩蕩的自行車排山倒海般地駛過，鈴聲響成一片。他們挑著挑子走過幾條馬路，在每一個路口驚恐地彷徨著，等待著綠燈。終於綠燈亮了。剛要舉步，不料卻從對面拐進一輛卡車，那巨大的車身以泰山壓頂之勢直向他們撲來。他們趕緊收住腳步，那卡車卻又無故地延誤著，懷了一股蔑視的表情緩緩駛過。在它身後，紅燈又亮了。有時候，馬路上明明沒有車子，可待他們走到中間無可躲無可藏的地方，卻「嗞溜」駛過一輛飛也似的自行車，將他們驚出一身冷汗。上海窄窄的橫街，就好比大河的湍急的支流，埋藏著小小的隱祕的危險。他們五個人連成一行，魚貫地走在上海的街上，心裡「噗噗」地亂跳。這時候，已經是正午了。

6

九哥說，是吃午飯的時候了。他們靠了牆卸下擔子，衣服早已汗透了。他們一起商量，中午飯怎麼吃。九哥說找個小飯館，炒兩個菜。劉德生很贊成，他想，應當嘗嘗上海的飯館。可是其他人都很猶豫，說還是等到薑出了手，再上飯館，暫且找個茶棚，買幾碗茶，吃身上帶的乾糧算了。九哥一聽這話就笑了：上海哪裡有茶棚呢？上海是沒有茶棚的。上海人要喝就喝汽水啤酒的，喝的那玩意兒，比吃的還貴。這麼說著，就有人過來，很疑惑地打量他們還打量他們的麻袋。有很活潑的放學回家的小學生，背著書包一跳一跳地走過，走過了還回頭看他們，覺得他們是很奇怪的人。他們有些害臊，心想不能老這麼站著，叫人家上海人生疑心，便挑起擔子慢慢走著商量。這時候，他們感覺到肚裡空得難受，頭上冒著冷汗，腿肚子在打顫，就同意上館子了。

由那九哥帶領，走到一條小街上，果然看見一個飯館。很窄小的一扇玻璃門，門上寫著「好吃來」三個大字。他們走到飯館門前，又猶豫起來。他們想，一旦走了進去，再退出來就不好了，總要派個人先進去探探虛實吧！劉德生自告奮勇走了進去。

7

店堂裡出奇地幽暗，幾乎什麼也看不清。劉德生定了定神，才見店堂深處的角落裡站起了一個人。個子又高又瘦，站立在那裡幾乎頂著了低矮的天花板。他頭髮很捲，就好像戴了一頂羊毛顫帽子。他指縫間夾了一支菸捲，彈了彈菸灰，問道：「吃飯嗎？」幽暗處，只有他的兩隻眼睛和指間的菸頭在發亮。劉德生膽怯地說：「吃飯。」又鼓了勇氣道：「有啥樣的飯？」那人就遞過來一本紅塑面的菜單。劉德生低頭看菜單的時候，發現那深處屋角裡還坐了一個人，被椅背遮住了，只露出半邊燙髮，還有一只亮晶晶的耳墜，一縷輕煙冉冉地升騰著。是個女的，劉德生心裡想。他心裡怦怦地跳著，將菜單的價碼溜了一眼，就走了出去，聽那男人在身後問：「吃不吃？」

屋外的陽光將他的眼睛眩了一下。他們見他出來，就問他怎麼樣。他正欲回答，卻聽身後有人說道：「是不是要吃飯？」一回頭，見那男人跟了出來，正倚在門邊，一手撐著門框，一手夾著菸捲，朝地上一會兒一彈，一會兒一彈。手腳格外地細長，胸口吊了一個骯髒的白圍裙。劉德生這才看見了他的臉，蒼白蒼白的，眼睛卻通紅著，好像熬了很久的夜。九哥就說：「老闆你說咱們五個人要吃多少錢夠。」他眨了眨眼睛，就像一個長久在黑暗中生活的人突然到了陽光下。他說：「那要看你們怎麼吃法。吃法不同，價錢也就不同了。」九哥說：「我們想吃簡單一些，快一些，因爲我們還有許多事情要辦。」那老闆就做了個很厭煩的手勢，說道：「進來吧！」然後就閃到了門後。

他們跟著一個一個進了飯館，將麻袋和行李靠了牆放下，幾乎占去小半個店堂。劉德生注意地看了看店堂深處心裡暗道：那個女人不在了。九哥看著菜單，那老闆屈了一條腿站著等待，手裡拿了小本和鉛筆。九哥看了一會兒就問大家，這個菜要不要吃，那個菜要不要吃，大家說，九哥你作主，要什麼就吃什麼。九哥便作主要了四個菜一個湯，一人兩滿碗飯，將菜單交還給那老闆時，九哥又跟了一句：不夠再添，吃著看吧。他們五個人圍了一張長方桌，桌上壓了玻璃板，玻璃板下是一張外國女人的相片。那女人有一對很大很大的眼睛，像兩口深井似的。九哥點點那女人，說：「像不像老貓？」說罷就笑，又將桌上的菸缸、胡椒瓶什麼的一件一件拿來玩，傳給他們看。店堂後面傳來了油鍋爆響的聲音，九哥便說：「炒菜了。」

8

店堂忽然亮了一下，後面開了一扇小門，門口立了一個女人的身影，雙手平平地托了一個托盤，盤子上放了菜，冉冉地冒著熱氣，將她的面容遮住了。她用胳膊肘抵上身後的門，然後穩穩地走了過來。這時候，劉德生看見了她的面容，他不由暗暗地吃了一驚。女人的臉頰異常柔嫩，一雙眼睛卻是又大又深，幾乎占去臉的一半。她蓬鬆的燙髮在腦後挽了一個髻，耳邊垂了兩顆血紅的珠子。這女人多麼奇怪啊，劉德生吃驚地想。她將托盤裡的菜一份一份放好，他看見了她鮮紅欲滴的指甲，覺得自己就像在作夢。女人忽然莞爾一笑，站直了身子，拿了托盤的手垂直地擱在腿邊，另一隻手卻撐了他的肩頭，說道：「菜齊了，要不要飯？」她的聲音很甜，普通話帶了一種很異樣的味道，就好像是很小的孩子在說話。聽說他們要飯，她便轉身去取飯，放在托盤裡端了來，他們才開始吃飯。

菜炒得很油，放了許多糖，進口時，後腦勺的部位竟會一陣酥麻。他們吃的時候，她就拉了一張椅子，正好坐在了劉德生的旁邊。他嗅見了一股奇異的香味，心裡恍恍惚惚的，奇怪地想道：要糟了。她兩條腿交疊著，慢慢地問道，菜怎麼樣，合不合口味？九哥回答說特別好，她就說好吃多吃點呀！她的眼睛像兩個深潭，懷了一股凜然的威力，緩緩地掃視他們。劉德生又想：玻璃板下的那照片上的女人，會不會就是她？她坐在旁邊，勸他們多吃，慢吃，盤子裡的菜漸漸地空了，就說：吃完了我再給你們去炒。使他們感覺到就像回到了自己的家。

他們漸漸地開了胃口，那糖味和味精很濃的菜把他們的食欲刺激得很興奮，他們不知不覺又要了兩個菜，臉色紅通通的，神志也有些昏沉。女人又坐得靠近了一些，問他們從哪裡來。他們七嘴八舌地告訴她，他們從山東來。哦，山東！她就笑了，好像山東正是她所熟悉的地方，使他們陡然升起了親切的感情。她接著說道前日也有幾個山東人在這裡吃飯，他們是從煙台來賣蘋果的，你們山東的蘋果是多麼好啊！她神往地說道，又問你們是來做什麼的呢？他們搶著說是來賣薑的，據說上海很需要薑。薑？她沉吟了一會兒，說：薑是一年四季都需要的東西。他們便吵吵嚷嚷地說道：可不是，上海人喜歡吃魚，吃魚就要有薑。就算每人每三天吃一尾魚，每吃一尾魚就要一塊薑，那麼，一千萬上海人每年需要多少薑呢？薑是一個多麼重要的問題啊！市委領導也不親自抓一抓薑的事情。她就說：何止是吃魚要薑，煮肉湯要放薑，剁肉餅子也是要一些薑末的，還有吃螃蟹呢！天哪，這不又要到吃螃蟹的季節了！你們想到薑的事情，實在是比較英明的。

旅途的疲勞漸漸消散了，四肢洋溢著沉醉般的暖意。她的眼睛逐漸明亮起來，好像有兩個小精靈從那眼睛的深處一點一點地躍出來。她的嘴唇很厚，肉嘟嘟的，卻很靈敏，表情千變萬化。她站起身手腳利索地收拾去碗碟。九哥彎腰解開一個麻袋，捧出了一捧薑遞給她，她把薑接在繡花的圍裙裡。劉德生這才看見她的圍裙，白色的荷葉邊，繡了粉紅色的花朵。劉德生頭暈地想：要出事。然後，他聽見九哥在吆喝他們起身了。他們磨磨蹭蹭地站起身，收拾好自己的挑子，出了店門。

門外的陽光十分明媚，涼爽的風撲面而來，他們激靈了一下，不知爲什麼，不約而同地去摸懷裡的錢包，錢包都在。小鳥在樹梢上叫著，街上很安靜，連一輛自行車都不見了。九哥四面看著，半天才說道：「走吧！」

9

下午三點鐘的光景，是上海的菜市場又一次高潮，人們手提著竹籃和塑料袋，從大街小巷裡走出來，向菜市場走去，要買一些新鮮的蔬菜和魚肉。

這時候，他們來到了一個菜場，將進菜場的時候，九哥卻叫住大家，說是歇口氣。於是他們就將挑子卸下了肩，站在路口，看一個老太太在白紗罩裡包餛飩賣。老太太的買賣做得是那麼優閒，有人來買，她只叫人把錢數給她看過，就讓他自己丟在一個小籮筐裡，再自己數了餛飩拿走。他們想：上海掙錢的道路是多麼多啊！菜場裡很嘈雜，人們就大聲叫嚷地說話，一輛卡車慢慢地擠在人群裡，徒然地撳著喇叭。老太太們神色莊嚴地提著籃子走進菜場，就好像去參加盛大的典禮。九哥說他先進菜場看看情況，再作計畫。九哥剛走，就有一個戴紅臂章的老頭兒朝他們走過來，讓他們將東西靠靠邊，不要妨礙人家走路。老頭兒很負責地背了手站在那兒，胸前掛了一個哨子，要看著他們把東西一件一件挪開，然後又問：那麻袋裡裝的是什麼？他們說是薑，期待著老頭兒做出熱烈的反應，老頭兒卻說：這麼多的薑呀，薑又不是山芋。他們心頭一涼，很想問個究竟，老頭兒卻背了手走開了，「嚁嚁」地吹著哨子，叫行人走人行道，而不要走在馬路中間。這時候，那包餛飩的老太太卻說話了，她的手一刻不停地包著餛飩，眼睛卻瞅著他們的麻袋，很詭祕的樣子。可惜她說的話，他們一句也聽不懂，他們說的她也不懂，而她一逕地瞅著他們的麻袋嘴裡嘟囔著，使他們覺得，她是想算計他們。九哥去了就再不來了。他們四人倚了牆站著，一邊注意著行李麻袋，一邊警惕著胸前貼身兜兒裡的錢。越來越多的人湧向菜場，將菜場擠得水洩不通，他們瞅著那一條人頭攢動的街道，盼著九哥快些回來。有三個放學的男孩頭頂書包呼嘯而來，一路推推搡搡的，竟在他們跟前打起架來。三個抱作一團，原地的轉著圈子，「格格」地笑。他們越看越覺得這不是眞的打架，倒像有意戲弄他們來的。他們不知道下一步這些孩子會做些什麼，背貼了牆，緊緊地注視著，竟沒有聽見有人在對他們說話。一個留了鬍子頭髮卻像女人樣的青年在問他們，麻袋裡是什麼，他用腳尖踢著麻袋。他們猶豫了一下，回答說是做菜用的薑，那青年罵了一聲「操他」，轉身走了。不知什麼時候，那三個男孩呼嘯而去了。一個女人一邊走一邊擺弄錢包，不料一個分幣滾下來，滾在他們的麻袋旁邊。她彎下腰，在麻袋邊摳了半天，才直起腰繼續朝前走。這一連串發生的事情，是那麼不可思議，那麼蹊蹺，幾乎把他們嚇壞了。九哥這時候才來，臉色格外地陰沉，問他怎麼樣了，他沒言語，讓大家挑上東西就走。走了一截，他才說，這個菜場太小，價格又低，不如到一個大菜場去。他說了一個地名，說那裡住的人，大都比較闊，菜場也大。半路上又遇一個菜場，九哥說歇歇吧，自己又進去逛了一圈。這一回很快就回了來，臉色更不好看了。大家都沒再問什麼，繼續朝前走，然後又到了第三個菜場，九哥照例又進去轉了。

他們四人站在菜場的路口，路口有一些板棚搭的小鋪，賣零碎的布料、鞋襪什麼的雜品。板棚前坐了一個乾瘦乾瘦的老頭。他坐了一把竹椅，竹椅前搭起一塊木板，木板上放了一小束一小束的蔥，還有一塊一塊鮮黃色的薑。這可不是薑嗎？他們的眼睛慢慢地瞪大了，這明明就是薑啊！這老頭在賣薑。上海人賣薑原來是這樣一塊一塊賣的，而不是像他們那地方，一攤一攤，和賣紅芋一樣地賣。怪不得他們心裡總覺得有點不大對勁，眼睛裡就像是多了點什麼東西。原來，在他們所走過的每一個菜場的路口，都有這樣的蔥薑攤子。他們伸長脖子沿了那熙熙攘攘的菜場望進去，天哪！這一路上都是蔥和薑的小攤。有的是一個女人守著的，有的是一個小孩守著，還有的是一個滿臉皺紋鬼似的老太婆守著。鮮黃色的薑擱在碧綠色的小蔥旁邊，看上去是多麼地惹人喜愛！在以後的道路上，他們便不斷地遇到蔥薑攤子了，幾乎是三步一崗，五步一哨。甚至於不是在菜場，而只是一條普通的弄堂口，一個普通的水果攤旁。他們還看見，臨街的門裡坐了一個小女孩，在做「過家家」的遊戲，用一把小刀切著一塊上好的薑。

10

這一天晚上，他們沒有吃飯。中午的那一頓，這時候回想起來，是那麼奢侈得可厭，墮落了一般。他們空著肚子睡在一條名叫建國路的馬路上的一個弄堂口。那弄堂口有一扇大鐵門，門後有一片空地，他們在天黑的時分，將鋪安排在了這裡。離大門不遠有一個垃圾箱，偶爾的，從弄堂幽靜的深處響起腳步聲，直響到跟前，然後，只聽垃圾「嘩嘩」地倒了下去，那腳步聲又漸漸地遠去，消失在弄堂的深處。他們仰了頭從鐵門的鏤花裡，可望見樓房裡蒙了花布窗帘的幽祕的燈光。劉德生想：這裡面住了什麼樣的人呢？他多麼想知道啊。

水泥地裡潮濕的涼氣，漸漸從單薄的被褥下面侵了上來。劉德生將脖子朝被筒裡縮了縮，這時候他望見了天上的星星，黯淡而且冷漠地嵌在灰藍色的天空裡，有一扇窗戶的燈滅了，窗戶黑洞洞的。頭頂立著的鏤花鐵門看上去是奇異地巨大，頂上的那一角，映在夜空上，顯出格外美麗的圖案。有樹葉嚓嚓地從地面上刮過去，聽起來就好像從劉德生的心臟上擦過似的。一隻野貓喵喵地叫，綠色的眼睛照亮了黑暗的弄堂，霎時間躍上了院牆。劉德生看見院牆上有奇妙的樹影，月亮升起了。

他的肚子愉快地咕咕叫著，由此想道：中午的那一頓飯菜是多麼地妙不可言，那女人又是多麼神祕叵測。他又看見兩團鬼火般的精靈，灼亮灼亮地從她眼睛底處躍了出來。如不是來上海，怎麼吃到那樣的飯菜，見到那樣的女人。唉，上海這鬼東西！樓房上的窗戶一扇一扇暗了，暗到最後，一整條弄堂，只有最底部最高處還亮著一方窗口，就像一隻警戒的眼睛。貓兒喵喵地叫著，拖著尾巴在弄堂裡遊蕩。

他是多麼餓啊！劉德生嘆息著。明天要好好吃一頓，他想。可是明天會怎麼樣呢？他腦裡閃過了這個憂愁的問題，然而霎時便過去了。無論明天怎麼樣，飯總是要吃的。他終於打了一個呵欠，想睡了。

11

他們是被一陣笤帚嘩嘩掃過地面的聲音驚醒的，月亮正懸在中天，霧氣像一場小雨，將他們的被子全溽濕了。公共汽車在近處的大馬路上行駛。一輛小小的手推車轆轆地進了弄堂，車上放了許多瓶子，叮叮噹噹地響。他們渾身痠痛，又困乏又寒冷。九哥招呼他們起來，將行李收拾好。然後他們挑了擔子悄悄地離開了弄堂，走上了黎明時分格外寂靜的街道。九哥回頭輕輕囑咐著不要走散了，他們一個一個相跟著，路燈將他們的影子投在清潔的路面上。他們腳下軟綿綿的，好像走在夢境裡似的。沿街的早點鋪點亮著燈，爐子通紅地燒著，油鍋熱了，翻滾著金黃色的油條。豆漿盛在一個大桶裡，升騰著熱氣，將電燈遮上一層蒙蒙的水氣。

他們竟沒有一個覺著餓了，淡漠地從小鋪前走過。公共汽車呼嘯著從他們身後駛過，車窗裡亮著燈光。他們的腳底大多都打了水泡，水泥的路面是無比地堅硬。他們默默無聲地走過一條長長的馬路，不知什麼時候，路燈全滅了，天空發白了。馬路上沓沓地走著腳步匆忙的行人，奔向每一個汽車站頭。公共汽車裡塞飽了人，自行車「嘩啦啦」地馳向前方。路口的紅綠燈閃閃爍爍，穿了制服的警察「嚯嚯」地吹響了哨子。轉眼間，小學校裡奏起了升旗的國歌。

他們走到一個僻靜的街心花園裡，吃著前日從家帶來的乾糧，吃得口乾舌燥的，就想找口水喝。出去找了一遭，見那凡是臨街的水龍頭都像戴帽似的套了一個生銹的鐵罐頭，罐頭上了鎖。他們便只得忍著。太陽從一座大樓後面升起了，將樓頂照得金紅。他們這才注意到了上海的傳聞已久的樓房，有一群鴿子從遙遠的樓房後面飛了出來，變成一群飛翔的黑點。

九哥說，他一個人先出去想想辦法，你們就在這裡，別走遠了。晌午時他一定回來，如不回來，也別著急，管自己找個麵鋪包子鋪的吃了飯，他天黑也就回來了。他出不了事，只是，大家夥，千萬千萬，不可走散了。九哥說罷，就起步走了。剩下他們四人蹲在小小的冷清的街心花園裡。愁苦地低著頭。半天才有一人抬起臉說：「我看咱們怎麼得了？」其他人都不說話，默了一會兒就有人說：「還不如不來呢。」又有人說：「來都來了，就不能說不來的話了。」劉德生怕見這洩氣樣，就說：「咱們把上海逛完了，扒車回去！」聽了這話都沒吭聲，慢慢地，卻好了一些兒，紛紛地說：今天這一日該怎麼打發？劉德生說，就順了街遛過去，瞧瞧熱鬧也是好的，不瞧白不瞧，怎麼說也是來了一趟上海。可是九哥的一副行李麻袋留在了這兒，總不成四個人挑五副擔子，再說，挑了擔子遛街，總是累贅的事。街上人多，老碰人也不好，上海人又都碰不起，水豆腐做似的。說到這裡，大家都笑了，將上海人損了一下，心裡很痛快。最後，他們商定，留一個人坐在這裡看東西，其餘人去遛。遛完一條街，再回來替那個人，接著遛第二條街。這樣說妥了，劉德生就說：「我先留下，你們去樂吧，樂個夠回來，樂不夠別回來。」

12

劉德生守了一堆東西，坐在石板凳上，東望望，西望望。他發現自己坐的這個小花園，正是個三角形，每一個角上有一條路，通出去，隱約可見有公共汽車從路口過往，一共有三條路。他再仔細地去看三個角上不同樣式的房子。第一個角——他從自己坐的正對面數起——是一圍高牆。牆內有許多樹，樹葉很茂盛地伸了出來，樹叢裡模模糊糊的有一幢小樓，他看見了一點紅瓦的尖頂。他轉了下身子，去看第二個角，第二個角上是一扇黑漆大門，高高的頂上有一個古舊的石砌門樓，雕著花，刻著字，花和字都磨蝕得看不清了。第三個角，便是一座眞正的大廈了，一共有十二層樓。它寂無聲息地矗立在那裡，威嚴地俯視著他。太陽照耀著樓頂，劉德生幾乎看花了眼，他想：要是能到那上面去耍一耍，也就不枉來一遭上海了。三條街上都種了梧桐樹，樹葉大大的，搖搖晃晃遮了一路綠蔭，有穿紅衣服的女孩子從綠蔭裡走來，剎那間，他以爲自己看見了一幅圖畫。他聽見了叮叮咚咚的琴聲，他仰起臉四面地看著，終究也沒找到這美妙的琴聲來自什麼地方。琴聲如淙淙的流水，使他感到很安慰。

這時候，他看見那三個人朝他跑過來了，臉色紅紅的，很興奮的樣子。跑到他跟前，沒站住腳就搶著告訴他說，街上果然非常精采，店鋪都開張了，裡面樣樣都有，你要啥有啥，你不要啥也有啥。櫥窗裡的假人做得比眞的還眞，喘氣的一樣。竟然還會有女人裡面的小衣，撐得滿滿的給人看，人卻都像看不見似的，從面前走了過去。他們實在渴極了，還喝了兩毛錢一瓶的汽水，那氣呀，鼓得任哪兒都發脹。說到這裡，三人就交換了眼色，曖昧地笑。劉德生再也按捺不住，從石凳上彈了起來，叫道：「走啊，走啊趕緊走啊！」

那三人還想再談些感想，卻讓他拽了其中的兩個，火燒屁股似地跑了。

喲，他是多麼樂啊！劉德生像個猴子似的，亂蹦亂跳地想著。

13

大街是很熱鬧的，一溜兩排櫥窗望不到頭。劉德生頭一件事就是喝汽水，否則人家都喝了他卻不喝就像要落伍了似的。可他喝的不知怎麼不像他們說的那樣兩毛錢一瓶，而是兩毛五一瓶的。喝過汽水，他們就進了一家百貨店，每一個櫃檯前都擠了滿滿的人，有一些戴了紅臂章的老頭兒搖了小旗子拿著話筒喊什麼。起先他們以爲是讓人們不要亂擠，挨著來的意思。後來遇到一個老頭兒不僅會用上海話喊，還會用普通話喊，才知道是讓人們小心錢包，別讓偷兒掏了。他們一聽，便有些膽寒，不敢再往人多的地方擠。出了店門，對面馬路是巨幅的電影廣告，他們便隔了馬路看那廣告，誇獎那廣告畫得有氣派，也畫得眞，不像他們大和鄉鎮上的電影院海報，把男的都畫成女的了，直到看了電影才明白過來。他們看到櫥窗裡的女皮鞋，弄不懂那樣細溜溜高老奶奶納鞋底的錐子似的鞋跟怎麼走道兒，以爲那全是誆人做擺設的。卻不料，前面正走過了穿那樣細高鞋跟的女子，「噔噔」走得還非常利索。他們就不看櫥窗，專看街上走動的女子。從鞋跟看起，直看到頭髮——那是形形色色各各種種的。然後，他們才萬分驚喜地發現了有那麼多美妙的成雙成對緩緩行走的男人和女人。他們的目光再也離不去了，那些年輕或不太年輕的男女安詳地偎依在一起，旁若無人似地吃著零嘴，說說笑笑，眞和電影裡的一樣了！他們驚嘆道。這時候，他們終於親眼目睹了這條街上最最奇蹟性的事物——一個外國人。他們目不轉睛地望著那大洋馬一般的外國人從他們面前走了過去，心裡湧上無數個問題：老毛子的皮膚是多麼地白，老毛子的頭髮卻是黃的，眼睛藍得像琉璃彈。劉德生還看見了老毛子胳膊上長長密密的汗毛，也是黃色的，他多麼像一隻老毛猴子呀！他們不懂造物怎麼會創造這樣的奇事，嘖嘖地讚嘆。

14

中午，九哥沒有回來。他們想起他走時囑咐的話，便不再著急，商量著怎麼去吃飯。

他們這半天已經遛熟了附近的幾條街，認識有一家麵館，就輪流著兩人一次兩人一次地一人吃了一碗麵。那麵館鬧鬧烘烘的，排隊買了牌子，還得等麵下鍋。廚房裡的蒸氣和油煙漫到店堂裡，又熱又潮，桌子本來就不多，凳子卻又短缺，只得站在桌邊吃。站也站不安穩，被人攆來攆去的，總是站的不是地方。吃完麵，他們聚到陽光照耀的三角花園內商量著下午怎麼過。這一上午的逛街使他們非常興奮，也有些疲勞，他們躺在麻袋和行李上面，眼皮子沉沉地下垂，身上暖洋洋的，麻雀在他們身後的草地上跳躍。劉德生提議去看一場電影，兩人一起，兩人一起的。大家都同意。這時候，他們都有些沉醉，有些迷亂，完全忘記了他們困難的處境，心裡快快活活的有幾分得意，都覺得上海是來對了。

他們這下午看的電影名叫《神祕的黃玫瑰》，餘下的人則在太陽底下睡覺，過路的人聽見了他們震撼天地的鼾聲，就轉過頭看他們。他們沉浸在甜蜜的夢鄉裡，臉上露出了笑容。電影院裡是一片神祕的漆黑，銀幕上演繹著離奇的天外的故事，使得他們遠遠地離開了現實，等第二批人走出電影院的時候，陽光已經垂暮了。夕陽柔和地照拂著，給街道增添了一層溫暖的顏色。小花園蔽身在那十二層大樓的陰影裡，令人感到很安全。黃昏是多麼好啊！他們愉快地坐在鐵欄杆上，讓兩條腿自由地懸盪。這時，有一個拾破爛的小孩背了筐子從他們面前走過，他們竟然起了調皮的念頭，用言語去招惹那拾荒的小孩。小孩回過頭，鄙夷地翻了一個白眼，那白眼襯著漆黑如夜的臉蛋真是白得出奇。然後他又咧嘴一樂，脫口而出道：「鄉下人！」他們便拾了地上的磚瓦扔擲過去。小孩轉過身子，齜著白牙笑著，吐出骯髒的字眼，一步一步後退地退進了漸濃的暮色裡。他們四個青年沒有對付了一個孩子，不僅不覺得沮喪，還樂呵呵的。這時節，他們都變得有些荒唐，不知是誰帶頭，竟大聲地唱起了他們家鄉的呂劇。他們扯開了嗓門，覺得十分地痛快。有人過路，好奇地望望他們，他們便喊人家：「爺們！」

15

天黑盡了的時候，九哥回來了。他告訴大夥兒，他今天遇上了幾個山東來賣梨的，他們已經落下了腳，在一個農貿市場，賃了攤位，上面有玻璃鋼的棚頂，夜裡，就在攤位下邊睡。他們用塑料布扯起來，像間屋子似的，一聽是老鄉，就讓他們暫且也搬了去擠著住，人不親土還親呢，他們這樣說。他們的伙食是搭在臨街一戶居民家裡，那家裡有個老太太，沒工作，他們將米麵算給她，再給些菜錢火錢和工錢，她給他們做飯，做好了就送到他們攤位上來。咱們可以找這老太太搭伙食，也可以找別家的搭。總之，那兒挺好，又熱鬧，賣蘋果賣魚的，支鍋灶賣牛肉餡餅水煎包的，都在一塊。還有市場管理委員會，時常的開會什麼的。那賣梨的老鄉還說，像咱們這樣瞎撞，怎麼沒叫遣送站遣送給回去呢？也就是奇上加奇了。所以，咱們立馬就上那兒去。他們便問那地方離這遠不遠，要走多久，九哥說遠得很，得搭乘公共汽車呢。他剛才就是搭車過來，打了一毛五分錢的票，汽車站就在那邊。於是，他們一行五人挑了擔子就往汽車站去了。

車站上的人不多也不少，等了一會兒，車就來了。車要靠還沒靠站的時候，就有一個售票員探出身子大聲地拍著車壁，讓路邊的自行車趕緊騎車，以免軋著。車門開了，先是上面的人下來，再是下面的人上去。他們爭不過別人，老老實實地排在後面。輪到他們上時，售票員卻不讓他們上了，說他們帶的東西太多，將車門一關，汽車呼啦一下開走了。九哥說，不著急，再等一輛，這車不比他們那裡的班車，一會兒就是一輛。不一會兒，果然又來了一輛，九哥隔了窗戶問那女售票員，他們帶的這些東西能不能上車。售票員眼皮耷拉著，不說行也不說不行，九哥便不好辦了。那車又呼啦一下地開走了。他們就說那售票員是和她男人吵了嘴，所以不高興說話。這麼一說心裡的氣才平了些。這時，第三輛車來了，這一回，售票員答應他們上，可是不能全上，只能上兩個，至多也只能三個。他說，你們看，我車上就這麼點地方，都讓你們上了，別人還上不上呢？他的話很有道理，態度也算和氣。可是他們五個人要是走散了，可不得了。在那樣困難的境遇下，他們非但沒有喪失信心，還相當樂觀，全是因爲他們五個人在了一起，沒有分離。於是，那輛車也嘟地開走了。漸漸的，車站上除了他們五個人之外，再沒有別人了。他們身後是一幢高樓，矗立在夜空裡。車子來了一輛又走了一輛，一輪上弦月慢慢地升起在樓頂上。然後，他們終於上了一輛汽車。

當他們終於到達了目的地，聽見了親切的鄉音，幾乎要落下淚來。這一刻是多麼地美好啊！而那過去了的所有時間又是那樣充滿了辛酸的回憶，那被人攆來攆去吃麵的情景；那坐在黑暗的電影院裡看電影的情景；那與小拾破爛的吵嘴的情景；那扯著嗓門唱呂劇的情景，想起來就有些鼻酸。好了，現在好了，一切都要好起來了，一切有什麼理由不好起來呢？月光透過塑料布的帳幔照射進來，誰還帶了一個小半導體收音機，播送著模模糊糊的歌曲。然後，他們便睡著了。

16

早晨，九哥說，無論貴賤，先把薑出了手，輸了本錢暫且也顧不得了。賣薑得的錢，就可做別的買賣，比如說，上十六鋪碼頭去販些瓜果到市場來賣，漸漸地便可掙到錢了。一邊做著一邊再瞅著點兒機會，那樣多的人都到上海來做買賣，說明上海就是有買賣可做，只要眼尖腦瓜子活。大家先沒說話，過了一會兒有人說，九哥，咱賣了薑，得了盤纏就打回罷，輸本就輸本，咱認了。九哥就說，兄弟你也太沒膽識，吃不起虧怎麼的？老輩子的俗話都說吃一塹長一智，二十世紀八十年代的兄弟你怎麼連這都不明白？那人不敢作聲了，垂了腦袋蹲著。身後邊賣梨的已經將買賣做開了，他們把梨子分大小好壞一堆一堆地擺著，每一個梨子都用擦臉毛巾擦得發亮，黃生生的十分逗人喜歡。九哥緩和了口氣又說：我九哥帶兄弟們出來這一遭，讓大家吃了辛苦，怪我做哥的沒眼力，少計算，缺經驗，可是兄弟們也該給我這罪人一個改錯立功的機會。大家聽了這話，不由都激動起來，紛紛地說，這怎麼能怪你哪，九哥！九哥你帶咱們出來看世界的，是咱們給哥哥添了累贅。咱們出門在外，就數哥哥你年長，又見過世界，你說怎麼幹，咱就怎麼幹，可再不許說那洩氣敗興的話了！九哥紅了眼圈，伸了幾回脖子沒說出話來，停了一會兒，才慢慢地說：今天這裡留三個人，挨了賣梨的大哥擺個薑攤。已經和大哥們說好了，凡事多聽大哥們的沒有錯的。就照上海這陣的時價，賣多少是多少，有多要的，價可讓一些。他呢，就帶哪個兄弟一起出去跑，一是跑跑看，有沒有能把這批薑囫圇包了去的，包一半，三分之一，也行，包多少是多少，價錢寧可讓一些。上海天潮，又沒好地方存，只怕薑會爛。二是跑跑看，有什麼別的本薄利薄的買賣可做。兩個人一同出去呢，凡事有個商量，好作決定。劉德生就一下子跳了出去，嚷道：「我去！」九哥見也沒人與他爭，就說：「那你去！」他看著其餘三個擺好了攤，又教他們挑個大好看的搭一些小小的不那麼好看的，一毛錢一堆，一毛錢一堆地賣，又一次讓他們多跟賣梨的大哥學著點，才走了。

劉德生像個兔子似地跟著九哥跑，早晨的太陽特別清新，人們在陽光下大踏步地行走。汽車如河流在河床裡歡暢地流淌。他們走過一個托兒所，小孩子由大人牽著走進去，歌唱似地啼哭。劉德生聽了那啼哭聲，心裡酸酸的又甜甜的，想著：「這些小崽子們！」九哥回過頭對他說，跟上跟上，不要四處地亂瞅，得走得快快的，要不，一天下來辦不成事，就白瞬了一日的饃。九哥又說，在上海，白瞬饃可是不行的。他趕緊搶上幾步，與九哥並排走著，心裡特別愉快，嘴裡輕輕地哼著現代的歌曲。他驚奇地發現，九哥腳下生風，行走如飛，他幾乎是小跑著才跟得上，可是，身後卻不斷有人超過他們，有的還是些婦女，提了印花的布兜，邁著小小的急急的戲台上一般的碎片，一會兒就看不見影了。他就對九哥說：這兒的人走路跟跑似的。九哥說：上海這地方，一日不掙錢，就是虧了錢，每一日都不得安閒呢！不像咱鄉裡，一日不做我一日不吃光喝涼水不得了？可上海的涼水也要錢，站的那地也要錢。劉德生就想：過日子過得就像做買賣似的，這也不好。

九哥帶了他穿過一條窄街，上了大馬路，有一些店鋪正卸門板，有一些還鎖著鐵鏈子門。街頭坐了一些賣報的老頭，擺了有十幾種報紙，不斷有人來買報，買來了報紙就一邊看一邊走路。他說：賣報這營生挺不錯。九哥卻冷笑道：有什麼不錯？今天的報賣不了，到了明天就是廢紙，白送了也不要。劉德生一想也對，就說，賣報這營生要不得。他又見路上還有些賣點心的推車，人買了糕餅，托在手裡，吃著就走了。九哥見他看人吃東西，就問想不想吃一塊。他趕忙搖搖頭，然後說，上海人喜歡邊走著邊吃著。九哥就解釋道，人家是爲了趕上班的。上班可不比咱們上地頭鋤秫秫，早去晚去都可以，上班是掐分掐秒的。劉德生這回不同意了，說種莊稼是要看節氣的，早了晚了也是不行的。九哥寬容地笑笑，不與他爭辯，繼續朝前走。這時候，百貨大樓開門了。

17

潮水般的人湧進百貨大樓的門裡，方才還很疏落的街道，似乎是一剎那之間擁擠了起來，連九哥都走不快了。他們被人擋著道，卻又被人埋怨說是他們擋了別人的道。看見那些人活魚一般在人海裡迅速地游動，心裡又是驚訝又是羨慕。九哥告訴他，這是上海最最繁華和偉大的南京路了，一直可通到黃浦江邊，江邊的外灘公園，就是當年「華人與狗不得入內」的那屈辱的地方。馬路兩邊都是高樓，就像兩道山巒夾了一條人河，汽車如擱淺的船隻似的在人河裡艱難地挪動，絕望地揿著喇叭。商店全都開了門，陽光射在明淨的櫥窗上，反映出五光十色。劉德生仰頭望著兩岸的大樓，大樓威儀凜然地佇立著，那樓頂直入藍天，藍天被樓房隔成狹狹的一條，流淌到看不見盡頭的前方。他不留心踩了人的腳，那人便罵罵咧咧的，罵的什麼一句也不懂，而臉上那憤怒與鄙夷的表情卻再明白不過了。那人罵一句，劉德生便在肚子裡說一句：「罵你自己。」心裡竟然一點不氣，還有些高興。

這時候，他們來到了一個很大很大的百貨大樓跟前。九哥說，既然到了這裡，就進去轉一圈吧，這是上海最最大的百貨公司了。劉德生一聽就很踴躍，說，咱們快快地走一遭立馬就出來，絕對誤不了事的。九哥又叮囑道，萬萬要牢牢地跟緊了他，在這樣的地方跑丟了，可不是玩的，可是不得了的事情。然後，他們就不知怎麼的，身不由己地被人群挾裹著捲了進去。

18

劉德生再也不曾想到，百貨大樓是這樣地大，好比一個車站廣場。櫃檯一展排開，縱看不到頭，橫也看不到頭。高大的立柱也是縱橫看不到頭地矗立著，立柱的四面全鑲著鏡子，將店堂反射得千回百折，山移路轉，更加渺渺不見邊際，人也更多了。他們被人潮席捲了，不曉得要捲到哪裡去，好不容易掙扎出來，停在一個賣藥品的櫃檯前。兩人喘喘的，劉德生說道：眞他奶奶的了不得。九哥稍稍鎭定了一會兒說，沒什麼了不得的，咱們說好了，萬一走散了，就在剛才那個門口等著。劉德生就說，可萬萬不能走散了，走散是眞正了不得的。九哥說，我這是說的萬一的話。說定了，兩人就沿了櫃檯慢慢地看，看了一圈想走了，卻發現走到正樓梯口，就說，既然已到了這裡，不妨上樓去看看，也算來過這一回了。劉德生又補了一句：他奶奶的，以後再不來了。兩人歇了口氣，就朝樓上邁去。上樓的人群幾乎是浩浩蕩蕩，將三四步寬的樓道都站滿了，腳步聲激起洶湧澎湃的回響。他們順了人群一直朝頂上走，不曉得已錯過了二樓和三樓的出口，心想：這樓是多麼地高啊！他們腿有些痠，頭腦恍恍惚惚的，一心想轉身下樓，又覺著這麼做太不合情理。待到他們終於走出了樓道，已經是第五層鋪面了。人畢竟稀疏了許多，一展數排的櫃檯直向前延伸過去，他們在櫃檯與櫃檯之間走著，腳步空落落的，有一種形影相弔的心情。他們說道：下樓吧。可是卻找不見樓梯口了。他們在廣場般遼闊的店堂裡迷茫地走著，每當立柱上的鏡子裡映出他們的身影，他們就會暈眩似的有點腿軟。他們終於找到了樓梯口，很快就下去了，走出去一看，卻只是四樓。長窗外面山壁一般威嚴靜默的樓房矗立著，看不見天，也看不見地。他們又找了一陣樓梯口，下到了三樓，再下到二樓，他們再不敢隨便就走出樓梯口，只顧一心地往底處下，終於下到無法再下的時候，卻發現來到了地下商場。商場裡開著雪亮的日光燈，他們竟辨別不出這是白晝還是夜晚。他們疲乏地在地下商場裡走來走去，戴紅臂章的值勤老頭向他們投來懷疑的目光，那目光似乎穿透了他們的身體，使得他們更加著急地想要走出去。他們找不到出口，地下商場就像一個巨大的墳墓，人們如地下的蟲蟻一般「嗡嗡」地湧來湧去。日光燈將人臉照得青白，無論笑還是不笑，均有一種凜然的表情。他們已經絕望，卻意外地看見了出口，那裡湧入一股人流。他們已沒有力氣，木木地朝那裡走去，然後，不幸的事情發生了。

19

就在他們走上出口的樓梯，一股湍急的人流將他們沖散了。想出去的心情過於迫切，他們來不及互相招呼和照應一下，便直朝上擠去。劉德生低了頭，側著肩膀，使出蠻勁，不顧人們的咒罵，衝出了人群的重圍，站在了大街上。大街上的太陽像刀子一樣割痛了他的眼睛，他幾乎要流出淚來，用手擋住了陽光。陽光下人頭濟濟，每一個人頭都頂了一汪陽光，波光粼粼地蠕動。他定了定神，四下裡看了一遍，才發現不見了九哥。他忍不住「九哥九哥」地叫了起來，這異鄉口音引起了路人的注意，有人側過臉好奇地朝他望著，然後「哧哧」地笑，他臊得紅了臉。這時候，他想起九哥說過的萬一的話，便拔腿朝方才進來的門口跑去，他頭腦清楚地記得那門口坐了一個給人磅體重的老太太，守了一盤小秤。就在他走開的時候，九哥從地下商場的出口擠了上來，等了一會兒，便也朝約定的那門口跑去。跑到那門口，依然不見劉德生，便沉住了氣等著。太陽已經到了中天。

劉德生等在那磅體重的老太太身邊，焦躁不已地跺著腳。他伸長了脖子四面地看，連個九哥的影子也沒有，額上不覺沁出了冷汗。他急了一會兒又想，急也沒有用，不如沉住了氣耐心地等，九哥總會來找他的。興許九哥半路上又瞅著什麼買賣的機會，乾脆辦完了事才來帶他。誰怪他笨呢，本想跟了九哥學學本事，弄到頭還是讓九哥自個兒去辦了。他自責地想著，然後蹲下身子，看那老太太給人怎麼磅體重和測身高。有兩個女孩跑來，說只測身高，不磅體重，老太太回答說不可以，必須先磅體重才可測身高。兩個女孩一個勁兒說，爲什麼不可以。老太太不再理會，她們沒轍了，只得又磅體重，又測身高，各人付了四分錢，兩分錢磅體重，兩分測身高。劉德生開始挺納悶，覺得這種爭執很沒有意義。過了好一會兒，他才明白，原來測身高必要站在秤台上測，一站上去，體重不就出來了嗎？那兩個女孩子是想誆那老太太的，可老太太偏偏沒讓她們誆著。他不覺又驚又喜地拍了一下大腿，心想：這地方啊！人就連兩分錢也不讓賺，人又就連兩分錢也不讓虧，眞正是針尖對麥芒啊！他好像上了一堂課似的，興奮得幾乎忘了九哥。

九哥在門口等了多時，太陽都偏午了，還不見劉德生的影子，心想，這年輕人很可能是站錯了門口，對於第一次來上海的年輕人，這是很容易犯的錯誤。倒是他自己呆了，怎麼站了半天也沒想起這個來。九哥自嘲地笑了一下，就一個門一個門地找起來。當他終於找到那磅體重的老太太跟前時，劉德生卻剛剛離開。他也起了同樣的念頭，也決定挨了門去找九哥，一旦決定了，他便毅然決然地離開了原來的地方。這一回，他們是決定性地走散了，再也沒有重新聚攏的可能了。而這時候，劉德生和九哥，都不知道，悲劇就要發生了。

20

劉德生想去找別的門的，卻連原先的那扇門也找不回來了。他在店堂間走了有十幾個圈子，最終驚慌失措地隨了人群走了出來。他發現他站在了一具台階上，台階下是一條沒有陽光的狹窄的後街，高樓將天遮暗了，有涼颼颼的風貼了地吹過去，他不由打了個寒噤。小街上停了一列汽車，在他身旁停著一輛小型運貨車，一個大胖子男人正在往下卸貨，貨是裝在紙盒裡，一方一方的。街對面有一個小小的飯館，開了門，門口坐了一個女子，像男人那樣高高地架著腿，望著過往行人。這是什麼地方呢？他迷迷糊糊地想，腦子一點不聽使喚。這條小街倒是出奇地安靜。他慢慢地下了台階，沿了小街走去。他本想從百貨大樓外面繞回去，不料卻完全錯了方向。他正茫茫地沿了小街走，迎面來了一輛三輪車，直逼著他過來。他躲也沒處躲，撲在路邊一排自行車上，自行車便「嘩啷啷」地歪倒在地。三輪卡車幾乎是貼了他的背脊馳過，颼的一陣冷風。他掙扎著站穩身子，再去一輛一輛地將自行車扶起來，卻怎麼也扶不起了。他無法將那麼多車排在這麼點地方，忙出了一身汗，又怕遭人埋怨，手腳微微打著顫。然後他再繼續走路，不知不覺中拐了一個彎，拐到了更窄小的一條街上。

這是石子路面的街道，街沿都是住家，開了門，門裡有人圍了飯桌在吃飯。還有的門裡爆響了油鍋，「畢畢剝剝」的，飄出了菜香。他沿了街道走去，那街道越走越窄，最窄處是一個垃圾箱，垃圾漫了出來，堵住了道路，散發出腐爛的惡臭。他踩了垃圾走過去，聽見腳下不知什麼東西在「咯吱咯吱」地響。走過去街面又寬了，街邊有一個小小的水池，水龍頭上沒有套鐵盒上鎖，他渴得厲害，很想去喝一口涼水，卻又不敢，生怕會觸犯了什麼大戒。他走過去了幾步，又折回頭來，一個女孩卻拿了一把大鉗子走到水池邊，將龍頭整個兒地擰了下來，然後也走了回去，進了一扇門裡，嫩黃色的毛衣像一面鮮豔的旗幟閃過。他懊惱地轉身走去，道路漸漸開闊起來，路口有電車開過。他便朝路口奔去。

正午的大街上很安靜，自行車悄悄地駛過，車條「嗞啦啦」地響著。他肚裡很熱鬧地叫著，卻一點不覺著肚飢。他忽然想他應該回過頭去，重新走回那條石子路，再由石子路走到那百貨大樓的台階上，由台階上退回店堂，找到原先那磅體重的老太太，才可有指望找到九哥。這麼一想，他振作了起來，便回過頭順了來路走去。回去的路十分順利，他甚至認出了那一個被小姑娘擰走龍頭的禿禿的水管，從門前走過時，聽見有清脆悅耳的笑聲，心想就是那姑娘在笑。他重新從那堆腥臭的垃圾上踏過，一只小瓶在他腳下碎成粉末。他心裡漸漸充滿了希望，腳步也輕快了許多。可是，當他走到石子小街的盡頭，面前卻出現了兩條馬路，兩條馬路上都排了自行車和機動車，都有肅立的大樓，大樓灰色的年經月久風蝕了的面壁遮暗了天空，涼風颼颼地從兩條小路上溜來，彙集在他腳下。他猶豫不定地打量著兩條馬路，決不定哪一條是他走過來的那一條。太陽慢慢地越過大樓，將灰色的樓頂照亮，樓頂上有一面小小的紅旗，迎了風呼啦啦地招展。劉德生終於選擇了右邊的這一條馬路，似乎爲了怕自己再猶豫不決，他毅然地踏上了那條馬路，不回頭地走去了。他不知道他犯了決定性的錯誤，悲劇的發生再不可避免了。

21

劉德生急急地走著，那條路曲曲彎彎，千回百折。他每次想回頭，都勸說自己再堅持一會兒，也許前邊就是。他想，只要找著那幢百貨大樓就好了，就算找不到九哥，自己順了那條熱鬧無比的馬路往回走，就可走到他們的住處附近。這時候，他想起了他們的住處，月光是如何溶溶地照耀著他們塑料布的帳壁，魚販子在不遠處給魚換水，水管子「嘩啦啦」地響。那是多麼妙不可言的情景啊！想起來，他心裡就有些激動。他加快了腳步，急急地走著，面前的道路卻越來越陌生。路旁有一些中等大小的商店，賣著日用百貨或是碗碟雜品。他發慌了，站住腳左右望著，想找個人問問路，可是街上靜靜的，幾乎沒有人，只有汽車和自行車在馬路中間飛馳。他又想回頭了，一旦決定回頭，問題又來了。他來的時候絕沒有注意到，面前有那麼多岔道，回頭的時候，幾乎每十步就遇見一條岔道，使他面臨了一次艱難的選擇。第一次選擇，他還努力地憑著回想和記憶，推敲了一陣。第二次，他就有些急躁，來不及多想地跨上了一條。到了第三次，第四次，他便再不願開動腦筋，就像押寶似地胡亂走了下去，當他走到第七條岔路上時，他才算明白，他是迷路了。

太陽偏過去了，將他的身影投在地上，斜斜的。劉德生原地轉了一個圈，這一個圈轉下來，卻連方向都失去了。他作夢似地想到：這是眞的嗎？他甚至還擰了一下大腿，卻也並不覺得疼痛。有小孩子嘰嘰喳喳說著話，小鳥似地從他身邊跑過去，背著書包，他也不曉得他們是上學去還是放學回家。這是一條布滿樹蔭的街道，迎面來了一個和他差不多年齡的青年，他想去問個路，卻又想不出應當問什麼路。他猶猶豫豫地朝那青年走去，剛到跟前，那青年卻陡地繞開了他，逕直走去了。他不知不覺也邁動了腳茫茫然地朝前走去，而他不知爲什麼，越走越快，好像無論多麼遠，前頭都一定有九哥，有他們過宿的地方。他們過宿的地方是多麼好，他又一次地想，有管理委員會，還時常的開個會什麼的。路邊的梧桐樹一棵一棵朝他身後退去，他執著地朝前走去，最終走進了一條死弄堂。他看見弄堂底卻還存著幻想，心想那裡一定有條小徑可通外面，待到走到跟前，才明白終是一堵高牆。他只得回過頭來。弄底最後的一扇窗戶裡有一個女人，早已注意到他直奔弄底，這時就伸出頭來看著他，看他究竟要走到什麼地方。他有些慌亂地從她眼前走過，第二扇窗裡也有人疑問地伸出頭來看他。他匆匆地從一扇扇窗戶跟前走過，窗戶裡投射出好奇的警惕的目光。他好不容易走出了這條弄堂，卻又鑽進了另一條。

人們推開門默默地注視著他，將他從頭看到腳。他不得已地轉過身子，迎了人們的目光走回，窘迫地低下了頭，卻仍感覺到人們的目光如萬箭鑽心。他匆匆地走出弄堂，有人不放心地跟了他出來，望著他重新鑽進已經碰壁過一次的弄堂。他大汗淋漓，在這些迷宮似的弄堂裡鑽進鑽出。弄堂越來越窄小，房屋也越來越密集，人們坐在門前洗衣，或者擇菜。他從人們中間走過去，腳不小心地碰到了他們的膝蓋，惶惑地滴下了黃豆大的汗珠。他抬起頭來，猛地發現低矮屋檐下黑洞洞的窗口裡，有一雙雙眼睛狐疑地看著他，不覺哆嗦了一下。他渾身冰涼，冷汗從脊梁上緩緩地流瀉。他重又低下頭，咬了牙，克制著氣喘，在狹小的弄堂走著。忽聽跟前「匡啷」一聲響，見有一條大漢踢開一把竹椅，朝著他冉冉地站了起來。他不覺站住了腳步，怯怯地朝那大漢望去。大漢定定地望了他，使他以爲最最可怕的事情就要發生。他與大漢相持了有兩秒鐘，這兩秒鐘卻像有兩個年頭那樣漫長。最後，他垂下眼睛，側了身子微微哆嗦著從那大漢身邊走過，他幾乎聽得見大漢的心臟在他肥實的胸脯裡強盛地跳動著，好像一口沉悶的大鐘。他還聽見大漢粗重的憤怒的呼吸，不由地膽戰心驚。弄堂兩邊低矮密集的門檐下，都站立了默默無語的人，注視著他走過。

太陽停留在很遠的地方，他既不知道這是到了什麼時候，也不再有東南西北的方位。他感覺到在他身後，不近不遠地跟了一群人。這一群人注視著他，看他究竟要跑到什麼地方。他幾乎要奔跑起來，全憑他頑強的意志堅持著。他忽然看見他身邊門裡一個嬰孩驚恐的眼睛，他很想朝他笑上一笑，不料嬰孩「哇」的一聲哭了。這一聲哭號幾乎使他的意志垮了。他強撐著虛弱的身子，克制著自己不要奔跑，要是跑了起來，就什麼也說不清楚了，他這樣對自己說，堅持走完了最後一段弄堂，前邊就是馬路，他已聽見了汽車喇叭的鳴叫。他走出了弄堂，不禁扶著一棵路邊的梧桐喘息起來。載重卡車轟隆隆地開過，路面微微地震顫。

22

樹身上的斑痕在他眼前慢慢地旋轉和游移，他腳下的方磚在漸漸動搖。他一步也邁不開了，可他卻必須走路，他不能在這裡久留。他顫巍巍地越過了馬路，險些兒叫一輛卡車撞倒。司機伸出頭來朝他啐著唾沫，惡狠狠地罵娘。他卻耳聾似的一點也沒有聽見，還回頭朝司機調皮地笑了一笑。回頭的時候，他看見馬路對面弄堂口站了眾多的人，默默地朝他這邊望著。他怔了有足足一分鐘，這一分鐘他是倒退著走上人行道的，就好像一個醉酒的人。載重卡車和小汽車從他與眾人之間飛馳過去，然後，汽車又一輛一輛地停住，排成長長的一列。遠處的街角上，亮著紅燈。車隊阻隔了他與他們的視線。他微微地喘定了，想要調頭離去，不料，在兩輛卡車之間，卻魚貫走出了人們，由那大漢爲首，朝這邊的人行道走來。他心裡忽然地充滿了從未有過的恐懼，他再也忍不住了，低低地驚呼了一聲，拔腳奔跑起來。他的腿在打顫，腳面抽著筋，他跑幾步就要軟一下，他就像一個瘸子一樣地跑著。他聽見身後來了追兵，呼啦啦地一大隊人馬。天哪！他怎麼辦呀。他咬著牙跑，時時覺著要被攆上了，要被逮住了。他清醒地想道：要是被逮住了，他可是有一百張嘴也說不清了，他眞是跳到黃河也洗不清了。他除了跑是無路可走了，他必須跑才有生路啊！他現在只有跑了！

他聽見身後越逼越近的如潮如湧的腳步聲，他絕望透頂，以爲自己馬上就要完了。這時候，他跑到了一幢大樓跟前。他感覺到捕捉他的手已經觸到他的背上了，他再顧不得多想，一頭扎進大樓，朝樓上跑去。

23

他聽見他的腳步在大理石光滑的樓梯上清脆地敲響了，並且在高高的穹頂下激盪起洪亮的回音。穹頂在很高的高處，他看不見，他只是沿了樓梯拚命地拾級而上。樓梯一圈一圈無窮盡地上旋，他聽見了自己的喘息聲。心在胸腔裡激烈地跳盪，幾乎要爆炸了。他在樓梯拐彎處的五彩玻璃的窗戶裡看見了馬路和對面的樓房，還有樓房下的行人。哦，那是多麼奇異的渺小啊！他心裡忽然快樂起來，充滿了騰雲駕霧、飄飄欲仙的感覺。可他還得跑，他已成了一個亡命的逃犯。他累得彎下了腰，再也抬不動腿了。可是他聽見了樓底下騷亂的聲響。他趴在扶手上朝下看去，見底下亂糟糟的一團人，心裡覺得很樂，忽然想惡作劇一下，就吐下一顆很大的唾沫。唾沫飄飄搖搖地向下墜去，一個女人抬起頭來，伸出手臂指著了他。於是，無數條手臂向他舉了起來，筆直地指著。他趕緊一縮頭，已經來不及了。雜沓的腳步聲頓時充滿在樓道裡，幾乎將屋頂掀翻。他死命地抬著腿向上攀去，心裡罵著：我操你奶奶的，我操你們眾人奶奶的！他喘著氣，口裡不知不覺地淌著口水，他便用雙手扶著台階一步一步上去。終於，他看見了穹頂，穹頂上還雕著花，可惜那雕花已經零落，露出斑駁的石灰。一盞沒有燈罩的電燈直垂在中心，蒙了厚厚的灰塵，還有一張巨大的蜘蛛網。他再無路可走了，他絕望地想到，他再無路可走。下面腳步紛沓，好像千軍萬馬在奮勇追擊，就在這走投無路的時候，他看見了一縷光明。光明從他左側的頭頂射來，那裡有一個出口。他三步兩步登了上去，來到一片遼闊的樓頂平台。

24

太陽正在墜落，他看見了火紅的落日，落日下是美麗的連綿起伏的屋頂。他在平台上走動著，藍天離他很近，抬手便可觸摸似的。遠處有一個暗紅色的尖頂，好像航標一樣矗立在屋頂的浪波之上。他慢慢地朝平台前走去，平台前有齊腰的石砌的圍欄。他看見一排一排樓房之間，汽車像甲殼蟲一般在樓的深谷裡爬行，如蟻般的人群湧動著。他抬起眼睛，望著對面有一排屋頂上立著小小的玩意兒似的閣樓，閣樓裡伸出細細的竹竿，挑著紅色或藍色的衣衫。在那後面是巍然屹立的大樓，像一面灰色的肅穆的峭壁。越過峭壁，有青磚與紅磚的美麗的小樓，側壁上爬滿了綠色的常春藤，還有一個個精緻的曬台，砌著小小的花壇，花壇裡盛開著四季的鮮花。紅色的瓦頂與黑色的瓦頂錯落地相間排列，馬路劈開樓房筆直和彎曲地伸延，掩映著蔥蔥蘢蘢的梧桐。多麼美麗的上海啊！他不由驚嘆起來。一整個上海就在他的腳下，他俯瞰著這個偉大的城市，極目遠望，望見了樓房連成的遙遠的地平線。耳邊響著風聲，風將他的頭髮吹得直豎了起來。他手撫著粗糙的石砌的圍欄，心中充滿了雄偉的情感。這時候，他卻看見了馬路對面的人群，正朝他指指點點。他忽然無比地憤怒，彎腰拾起一塊破瓦，朝他們擲了過去。人群一陣大亂，四下裡亂跑著。他便又擲了一塊碎瓦，瓦片在空中飛出一道優美的弧線。他看見警察來了，一個、兩個、三個，一共四個，手拉了手將眾人圍起推到牆下。馬路上頓時擠滿了人，幾乎水洩不通。汽車徒然地揿著喇叭，有司機乾脆從駕駛室裡下來，抬頭望他，手遮涼棚擋住落日的刺目的光芒。落日照耀著平台，平台籠罩著溶溶的紅光，他眼前有晶亮的紅星閃過。他轉身收集了許多石塊木片，脫下上衣包起提到平台邊上，然後就一塊一塊朝他們扔去。他聽見下面的驚叫，心中升起惡毒的快意。街道上站滿了人，汽車再也通不過去，停在了街心，乘客們從車窗裡伸出頭來，朝上仰望，如有碎石飛去，便驚叫著一縮脖子。他扔得性起，乾脆將半兜石塊一股腦兒倒了下去。他看見來了一輛警車，跳下一、二、三，又是四個警察，嚯嚯地吹著哨子，還用話筒對了他大聲地喊話。他一句也聽不見了，只是奮不顧身地收集起碎石、沙土、木屑和煤渣，一把一把擲下去。沙土在半空中彌漫開去，飄撒得很遠。他胸中無端地燃燒著熊熊的怒火，平台上的沙石幾乎全叫他收拾乾淨，他埋怨這地方連沙土都那麼稀罕。樓下喧聲如潮，莫名其妙地開來一輛救火車，嘟嘟地拉著警笛，車頂上的紅燈旋轉著。終於，他再也找不到一片碎磚爛瓦，他手無寸鐵，絕望之時，將手裡的衣服拋了下去。衣服被風鼓起，張開空空的兩臂，像一隻大鳥一樣飄揚下去。他又將腳上的鞋子脫了，一隻一隻扔了下去。現在，他再沒什麼可扔的了。他氣喘喘地站在那裡，看見對面窗戶裡滿是人頭，朝了他點點戳戳。「我操你奶奶的！」「我操你們眾人奶奶的！」他大聲地罵著，罵聲被浩蕩的風聲吞沒了。不一會兒，他連聲音也嘶啞了，說不出聲來。他卻漸漸地平靜了下來。他心想，好了。不知爲什麼，他心想，好了。這時候，在他身後慢慢地上來了人，一個、兩個、三個，正悄悄地朝他圍攏過來。而他沒有察覺，只顧昂頭看著天，心想，太陽要落了。

25

當他轉身發現身後有人逼近的時候，他一點都沒有驚慌，他想，好了。然後就跨上了圍欄，站立在了圍欄上。圍欄很寬，他在上面穩穩地走了幾步。那三個人站住了，一動不動。最前面的那個人，半屈了腿，張開雙臂，攔住後面的人。

他看見屋頂就像山的皺摺一樣，裡面藏了一些小小的陽台，陽台上有紅紅的栽在盆裡的花朵。馬路上水洩不通，停滿了車子，一輛挨著一輛，排了好幾條街。他忽然笑了一下，學了他爹的口氣對自己說：娃哩，你鬧得也太不像話了。他感到有點害臊，就那樣害臊地笑了又笑。

那三個人站在他面前二十米的地方，一動不動，最前面那人，始終保持著那樣屈腿張臂的姿勢，好像要去捉一隻受驚的雞。

他看見太陽從樓頂後面落了下去，天空一片金紅，雲彩裡飛出鴿群。他忽然想起了大葉和小月，他這麼多日子以來還是頭一回想起她們，那是很長久很長久的日子了，可她們離他多麼遠啊！他神志清明地想道：事情是怎麼弄到這一步的，弄到這一步是多麼地糟糕。他感到非常非常痛苦，心如刀絞一般。然後他朝後退了一步，消失在平台前面。

一九八八年七月十三日，一稿

一九八八年七月二十八日，二稿，上海

人人之間

王強新急巴巴地講，一邊講一邊噴唾沫，兩排牙齒前前後後，上上下下，亂七八糟。看上去，滿嘴都是牙。醜到這樣，倒叫人心軟了。

1

腳踏車丁零丁零地在弄堂裡穿進穿出。這是一條兩頭通的弄堂，所以便被人當作一條馬路來用了。弄堂裡面是正正氣氣的新式里弄房子，弄堂口卻是一片自家搭的矮屋，沒有煤氣，劈哩啪啦地在生煤爐，煙霧騰騰。他坐在一只冒著黑煙的爐子前吃生煎饅頭。是這樣的吃法——先把皮吃掉，留下肉餡；幾團肉餡集中在偌大的碗底裡，小得可憐；然後他一口一個地吃肉餡。

「前世沒有吃過肉嗎？」爺爺罵道。爺爺在吃一大碗泡飯。

他吧嗒吧嗒地嚼著肉餡。

「這小人吃東西像豬吃食，吧嗒吧嗒。」對過阿婆說。她在生煤爐，一把破扇子扇出一蓬一蓬的黑煙。

「我沒有少給他肉吃，是餓死鬼投胎啊！赤佬！」爺爺實在氣不過，揚起筷子在他後腦勺上「啪」地敲了一記。

他一縮脖子，「吧嗒吧嗒」嚼得更響了。

「操他的。生煎饅頭的肉餡越做越小了，眼屎大的一點點。」爺爺從孫子的大碗裡夾起一個肉餡，又狠狠地丟下。

一個女人騎著輛小輪盤腳踏車從弄堂裡穿出來，衝過了煙霧。他對著她的背影，「噗」地吐了一口唾沫，正好射在自行車的後架上。他有這樣的本事，吐唾沫吐得很遠，而且很準。

肉餡飛快地消失了。他站起身，把書包頂在頭上，跑了。跑得太快，一腳踏在對門阿婆腳上，阿婆急叫起來：「死小鬼，眼睛瞎掉了！」

爺爺跟著罵：「赤佬，你作死！」

他老早跑得看不見了。他的學堂，就在這條馬路的轉彎角上，近得很。下課十分鐘，他常常奔回來，捏團冷飯吃吃。

他頭上頂著書包，嘴巴裡「突突突」地一股勁兒往前衝。踩掉一個人的鞋子，撞倒一個小人，自己絆了一跤，爬起來，揉揉膝蓋再往前跑。跑進學校大門，被兩個同學攔住了，向他討手絹檢查。他摸出一塊絹頭，墨墨黑，倒是疊得方方正正。兩個值日生猶豫了一下，還是讓他進去了，這確實是塊絹頭，說它不是絹頭是不對的。

突破封鎖線，繼續往前衝。「登」地一下，又撞著了誰。那人踉蹌了幾步，沒倒下。旁邊一片叫喊聲：

「王強新撞張老師，王強新撞老師！」

他站住了腳。

張老師驚魂未定地回過頭，看看他，笑笑說：「不要緊，不要緊，他不是存心的。」聽了這句話，便像得著了赦令，他又往前跑了。

「王強新要講『對不起』！快點兒講『對不起』！」身後一片叫聲。

張老師立立定，扶了扶眼鏡，又整理了一下手裡的簿子，然後再繼續走他的路。

「張老師早！」兩個女同學向他問候。

「早，早。」他回答得終有些惶惑。

「張老師早！」

「早，早！」

他一路點著頭到了辦公室。鈴響了，院子裡一片大亂，腳步嗒嗒嗒的，然後便靜了。

他輕輕吐了一口氣，從包裡拿出個糧店裡買來的沒有包裝的麵包，倒杯開水吃起來。他的課在第二堂。

「吃早飯啊！」同事問。

「哎，哎！」他趕緊嚥下一口麵包，回答。

「這麼艱苦！」另一個同事問。

「哎，哎！」麵包來不及嚥下，回答得模模糊糊。

「早上還是吃泡飯適意啊！」又一個同事說。

「哎，哎。」他乾脆不吃了，把那另外半個用紙頭包起來，放回包裡去。

太陽照耀著平整整的操場。體育老師用白粉畫線，場地上的白線和他運動服上的白線在陽光下閃爍著。一隻麻雀一跳一跳地走。哪個教室裡傳來孩子們齊聲念書的聲音，拖腔拖調，念得爛熟。

2

鈴響了。喧聲大作。從每個教室裡湧出來，會合在操場上，然後一起湧出校門。

他捧著簿子和粉筆盒回到辦公室，四班班主任陶老師已在訓斥王強新：

「你站在這裡，好好想想今天在課堂上的行爲。」然後便拿了碗筷上食堂了。留下王強新在辦公桌前，一會兒用左腳站站，一會兒用右腳站站；搔著癢，背過手從衣服下面伸上去搔，舉起手從衣領上伸下去搔。一時間做出千姿百態。

張老師拉開抽屜拿了碗，從王強新身邊走過去，只聽他肚子裡「咕嚕嚕」地一陣響。張老師站住了腳，低頭問：

「肚皮餓嗎？」

王強新不響，只朝他笑笑。

「上課又吵了？」

他笑而不語，羞愧似地低下了頭。

「你不能不吵嗎？」

他爲難似地依然笑，動來動去，動個不停。

張老師走回去，從包裡拿出那半個麵包遞給王強新。

王強新看看麵包，不敢接，而又終於接了。接過來便大口吃了起來，嚼得「吧嗒吧嗒」響，一邊警惕地東張西望。

一個老頭兒，瘦得乾了，駝背，肩膀不得已地往前去，兩隻胳膊則不甘心地往後翹起，那姿態頗像廣播體操中的一節——全身運動，直直地走了進來。

「小赤佬又關夜學了！」

「您是王強新的家長吧。」他猜出來了。

「小赤佬又闖禍了？」

「你自己說，王強新。」他對王強新說。

「上語文課，做小動作，講閒話。」他囁嚅著，嘴巴上一圈麵包屑，縮起頭頸，等著挨打。

「操他的。」老頭果然劈頭給了他一巴掌。

張老師嚇了一跳，拉住老頭兒的手，不料想老頭兒比他有勁，把他的手拖起來了，共同向孩子的腦袋上劈去。

「不行，不行，您老可不能這樣對他。」

老頭兒打了幾下，出了氣，然後對張老師說：「好，我打也打過了，老師放他回去吃飯吧！」

他爲難起來，這實在不是他能作主的事。他後悔自己不早點兒走開，走個清靜。

「老師，以後他要再吵，你們打好了。打死掉才好，我不怪你們。」

「哪能可以呢？還是講道理好啊！」

「那麼，我帶小赤佬走了，你們老師也忙得很。」

「你們走吧。」他唯有這麼說了。

老頭拖著孫子走了。他拿起碗筷走出教室，在食堂門口遇到陶老師。走已經走過去了，他想想還是折回頭，告訴了陶老師：

「王強新給他家長領回去了。」

「回去了？」她睜大了近視眼鏡後邊鼓鼓的眼睛。

「回去了。」他自覺有錯地低下了頭。

「你准他回去的？」

「他家長來……」

「我正有話和他家長說呢！」

「我……」

「好，好，你做好人。你唱紅面孔，我也不高興唱白面孔。以後這個人我不管了，你管好了。」陶老師氣鼓鼓地走了。

「哎……」他實在懊惱，一跺腳走出食堂，飯也不想吃了。

王強新這會兒正在狼吞虎嚥，爺爺躺在一張竹榻上曬太陽，已經迷迷糊糊了。對門阿婆在洗一腳盆衣裳，抬頭正好看到他在吃飯，「吧嗒吧嗒」嚼得山響。

「這小人吃相這麼難看噢！」她對隔壁毛妹說。毛妹坐在小矮凳上織毛衣。

「這小人一副面孔也難看。耳朵這麼薄，眉毛倒掛，嘴角也倒掛，像在哭。」毛妹說。

「是的呀。這小人一養出來就是哭，哭，一刻不停地哭，他娘就是被他哭死的。奇怪的是，他娘死了以後，他再不哭了。」

「他阿爺打豬玀樣地打都打不哭。」

王強新吃飽了，放下碗，掀開鍋蓋看看，順手挖了塊鍋巴在嘴裡嚼嚼。

3

腳踏車丁丁零零，一排去，一排來。汽車嘀嘀嘟嘟，一路來，一路去。

張老師提了一副大餅油條，奔到車站，正好擠進一部車子。門關上了，夾住了他的衣服後襟。

「同志，衣裳夾住了。」他說。

「上車請買票，月票請出示。」售票員在麥克風裡喊的聲音蓋住了他的聲音。

他不響了，反正夾住的不是肉。

「同志，你不下車和我調一調好嗎？」一個女同志擠在他面前，對他說。

他試圖向前動一動，動不了，衣服夾牢了。他抱歉地說：「到了站我先下去讓你。」

女同志在他的上一隔踏腳，他的面孔正好對著她的一截脖子，白白的。衣領敞得很開，裡面是兔毛衫，毛絨絨的圓領裡，隱藏著一條黃燦燦的金項鍊。他有些心跳，轉過臉去，不去看它。

車廂裡忽然騷動起來，有人掉了錢包，就在車上掉的。

「誰拿了趕快摜出來，自覺點兒。」售票員叫，「不摜出來，就開到派出所裡去了。」

「快點兒摜出來！快點兒摜出來！上班要遲到了。」大家紛紛叫著。

「大家在地板上尋尋看，有沒有皮夾子摜出來。」

大家擠來擠去地看地上。

他心跳得更快了，背上微微出了一身薄汗，面色蒼白。他努力地微笑起來，這微笑不合時宜得很。女同志看了他一眼，心頭一緊，脖子上汗淋淋的。

「好了，好了，尋到了。」有人叫起來，彎下腰去拾，人群膨脹開來了。

「點點看，少掉什麼沒有？」

什麼也沒少掉。

他鬆了一口氣，女同志又奇怪地看了他一眼。車門開了，他險些兒掉了下去。女同志下了車，又深深地看了他一眼，才走開。

到了學校，在校門口看見王強新，他喊住了他：

「王強新，我和你講一句話。」

王強新站住了，又開始搔癢，從領口伸下去，又從背脊伸上來。

「你上課不能不吵嗎？」他說。

他不響，意義曖昧地笑笑。

「就一定要吵嗎？」

他只是笑，用力吸一下鼻子，用力用得可以把任何東西都吸到腦子裡去。

「昨天，我讓你回去吃中飯，你的陶老師生我氣了。」他不得不對他說了實話。

他抬起頭看了看張老師，有點奇怪似的。

「假如你再這麼吵，我就難做人了。」他把話統統說了出來，然後順手似的，在他頭頂摸了一下，走了。

走到辦公室，就有人告訴他：「校長找你呢！讓你馬上去一下。」

「校長叫我？」他心裡一緊，連包都忘了放下，旋即向校長室走去。

「哦，張老師，請坐請坐。」校長很客氣。他心定了一點兒。

「找我有事嗎，校長？」他只坐了半個屁股。

校長拉開抽屜，抽出一張很挺括的紙，交給他：「你先看看。」

這是從父親二十年前的單位寄來的公函，白紙黑字，清清爽爽地寫著，父親一九五七年的問題得到了改正。他漠然地看著這張紙，無論如何也親切不起來。父親對他很陌生，早早就離開家去了鹽城一個農場，死在那裡了，是生的浮腫病。只聽父親的同事說過：「你爸爸和你的脾氣一點兒不像，要是你這樣的脾氣就吃不了這個虧了。」還有，就是從小到大，學校裡，弄堂裡，進進出出，總有人點著他的背脊骨說：

「他爸爸……」

「他爸爸……」

「他爸爸……」

「祝賀你。」校長兼黨支部書記忽然站起來，握住他的手，他趕緊起身，不料腳下一滑，第二下才站好，而校長已經坐下去了，「所有關於你父親的材料，我們都將從你的檔案中清理出去。希望你振作精神，努力工作，不要背包袱。」

「是啊，那都是過去的事了。」他說。

「過去的就讓它過去了，向前看嘛！」校長鼓勵他。

他走出校長室，回到辦公室，倒了一杯茶，坐定下來，這才發覺襯裡衣服已經濕透濕透了。鈴響了，「嗡」地一聲，好似千軍萬馬奔騰起來。一眨眼工夫，空空曠曠的操場上到處是人了。女生跳繩跳橡皮筋，男生奔來奔去，不曉得在忙些什麼。陶老師進來了，板著面孔。他心裡突地一跳，茶也喝不下去了。陶老師看也沒有看他，逕直走到自己的辦公桌前，「噔」地坐下，什麼也沒有說。他不敢問什麼，遠遠地注意著她，一口一口地喝茶。不知不覺一杯茶喝完了，他站起來，走向廁所去，一眼看到王強新滿頭大汗地在奔，便叫住了他：

「王強新，你上課又吵了？」

「沒有啊！」他吃驚地望著張老師，眉毛更顯得倒掛了。

「陶老師生氣了！」他壓低了聲音說。

「沒有！上課的時候，陶老師表揚我呢！」

「怎麼講法！」他唯恐王強新把諷刺當作了表揚。

「陶老師點著我對張明講：『他都不吵了，你倒吵起來了。』」他急巴巴地講，一邊講一邊噝唾沫，兩排牙齒前前後後，上上下下，亂七八糟。看上去，滿嘴都是牙。醜到這樣，倒叫人心軟了。

4

起晚了，一睁開眼睛，一只老式自鳴鐘已經七點鐘了。早飯也來不及買，跑到車站上了車。到了學校，空蕩蕩的沒有人，一問傳達室，才曉得現在只有六點半，自鳴鐘足足快了一個鐘頭。他到辦公室放好東西，突然想吃餛飩，跑到學校隔壁的光明屯，走了進去。店堂間人很多，吃的人悶頭吃，等的人很無聊，免不了多看看他幾眼。他不知所措了，站在門口，進也不好，退也不好。試著走動幾步，想找個空位，走不自然，更覺得有人看他，趕緊退了出來。

往前走了幾步，看見了大餅油條攤，排著不長不短的兩支隊伍，一支隊伍買籌子，另一支隊伍憑籌子領油條。他規規矩矩站在買籌子的隊伍後面，掏出皮夾子點出錢和糧票。

「張老師！」有人叫他。

抬頭一看，領油條的隊伍裡站著王強新，一手捏了兩只籌子，一手捏了一根筷子，準備穿油條用的，已經快排到油鍋跟前了。

「張老師，你快點兒買噢。」

張老師朝王強新微笑著點點頭，雖然他曉得這不是想快就能快的。

王強新立在隊伍裡面，把筷子伸到嘴裡，咬住筷子頭，把筷子轉來轉去，筷子在牙齒中間格格地響。

「王強新，不要把筷子放在嘴巴裡，會戳穿喉嚨管的。」張老師感到有必要提醒他一下，就這麼說。

王強新把筷子從嘴裡拿出來，又說了一句：「張老師，你快點兒買噢。」

張老師前邊還有三個人。

王強新排到了。他慢吞吞地把籌子交給炸油條的姑娘，並不動手去拿油條，只是注視著油條上細小的油花。

「拿呀，快拿呀！」那姑娘催他。

「太燙了。」他拖延著。

「這麼長時間，老早不燙了。」後邊人催他。

「我人小，怕燙！」他理直氣壯地說，然後又對著張老師喊，「你快點兒買呀！」

「不好給人帶的，不可以帶。」後面人起鬨了，把他擠出了隊伍。老師這才明白他拖延著是爲了自己。他感動地說：

「我自己排隊好了，人並不多。」

「張老師，你拿一根去，我來排。」

「不，不！」

王強新把油條塞到他懷裡，把衣服油了一片。他只好拿了，夾在大餅裡。走了幾步，回頭看看，王強新重新在排隊，一邊在吃油條，他是這樣吃法——咬住油條的頭，然後再不鬆口，吃一點兒，往裡拖一點兒。只見那油條慢慢地被拖進了他的嘴裡，好像是活活吞下了一整根油條。

大課間時，辦公室的門呼啦一下開了，兩個女生扶著一個哭哭啼啼的女生進來，後面跟了一群男生，少不了也夾著王強新，一直擁到陶老師辦公桌跟前。原來，這夥男生把這個女生推倒了，他們自己也站不住了腳，於是統統壓倒在那女生身上，女生的胳膊再也抬不起來，直叫疼。陶老師來不及問案，先把女生送到了醫院。中午回來說，女生的胳膊骨折了，而且是粉碎性的。

下午放學以後，陶老師便把那一夥男生叫到辦公室了解情況。其中有王強新，張老師便自覺著這案子與自己也有了一點兒關係，不免關心起來，遠遠地坐著聽。

「你們爲什麼要去推她？」

「我們不是存心的。」

「你們爲什麼要推來推去？」

「推來推去玩玩。」

「這有什麼好玩？這算什麼遊戲？誰帶頭的？」陶老師厲聲問。

「王欣推我的。」張明首先檢舉。

「朱延推我的。」王欣說。

「馮剛推我的。」朱延說。

「羅虹推我的。」馮剛說。

「孟小峰推我的。」羅虹說。

「王強新推我的。」孟小峰說。

「張明推我的。」王強新說。

正好兜了一圈。陶老師只好笑了。

「到底啥人第一個推？」就像是要搞清楚地球的第一次推動，沒有任何結果。醫療費、營養費便由大家分攤了。陶老師也要負擔一份，她說她是班主任，總歸有責任。

「回去給你們家長講，聽見麼！到時候，我會把收據、發票交給你們帶回去，給家長看的。回去吧！」

男生們走出了辦公室，立即奔跑了起來，用書包甩來甩去，互相挑逗著。

張老師跟了出去，叫住了王強新：

「你怎麼又闖禍？我給你捏了一把汗。」

他笑笑，皮厚得很。

「你不能太平點兒嗎？」

他只是笑。

「你爺爺又要打你的。」

他還是笑。

「你能付出醫藥費嗎？」

他終於不笑了。

「要不要我幫你去和爺爺講？」

「你去也沒用，我們總歸付不出的。」

「爲什麼？」

「昨日阿爺去向阿爸討鈔票，阿爸只給他一點點。阿爺回來罵山門。」

「你阿爸怎麼可以這樣？」

「是他女人凶。阿爸只好讓讓她，因爲阿爸條件不好。」他很冷靜地說。

「你倒什麼都懂噢！」張老師皺皺眉毛。

「這有什麼！」他矜持地笑了笑。

「要是你實在付不出，我代你付吧。」張老師說。

「眞的？」他揚起了倒掛眉毛，不相信似的。

「眞的。只要你以後聽話，不要再闖禍了。」

「好的。」他回答得爽氣，掉頭就走，像是怕老師變卦，忽然又回過頭說，「老師，你要吃涮羊肉吧？」

「問這個做什麼？」

「我可以幫你去排隊領牌子。我常常去，上午領來牌子，下午把牌子讓給沒領到的人，一張牌子可以賺四角錢呢！我不會要你錢的。」

「我一個人過日子，吃什麼涮羊肉！」他說。

5

下班時分，王強新來了，給他爺爺拎著一隻耳朵，老頭的另一隻手上還抓了根晾竿。王強新很快地挪著碎步、側著腦袋，隨著爺爺過來。他完全懂得越掙扎越沒好結果。老頭已經認得了張老師，便逕直朝他走過來：

「老師，你幫我打這個赤佬。我要死了，打不動了，你幫我打。」他嚷著，噓噓地喘著。一房間的老師都停住了，關心地看著。

「什麼事情啊！您老快坐下。」張老師頗有些尷尬。

「我要死了，不會動了。叫他淘把米，赤佬不肯，越追他越逃。我打死他。」他把竹竿朝他掃去，他跳了一下，跳繩似地跳過了竹竿。

「王強新，你過來。」張老師叫他，「快點兒向爺爺道歉，快講『對不起』。」

「對不起。」王強新朝前挪了一點，囁嚅著。

「叫聲『對不起』有屁用，老師，你幫我打，打死了不要你賠命。」老頭把竹竿往張老師手裡塞，張老師只好捏住，橫也不是，豎也不是。

「好，好。爺爺，這次他已經認錯了。王強新，說『我錯了』！」張老師聲音響亮起來，漸漸覺出一點兒驕傲。

「我錯了。」王強新蚊子一樣哼道。

「您看，他認錯了，態度也蠻誠懇。這次算了，要是下次再犯，我一定幫您老人家好好管教他。」他終於把一老一小送了出去，再折回頭拎包。同事們說：

「張老師，王強新倒服帖你噢？」

「哪裡，哪裡！」他答應道。

「王強新像你的兒子似的。」

「哪裡，哪裡！」他嘴上謙虛，心裡卻有點樂。走出校門，他忽然想到，是不是應該去看看王強新的爺爺，老頭兒在生病。於是，他在外面兜了一會兒，買了一瓶蜂王漿，然後便向王強新的弄堂走去。

王強新捧著一大碗麵擠在人家門口看打架。一個姑娘嚶嚶地哭著，一邊哭一邊訴說著什麼。他把王強新叫出來，跟他一起進了屋。

這是一間板壁搭出來的房間，借人家一面磚牆。老頭也在吃麵，吃一碗鹹菜麵。王強新的碗裡，除了鹹菜還有一塊大排骨。

「王強新，你怎麼可以不孝敬爺爺呢？爺爺對你多好啊！」他感慨地說。

「我是前世作孽，欠他的債，一生一世也還不清了。」老頭兒吼了起來。

張老師嚇了一跳，不好再開口了。

外面又吵得凶了，王強新再也坐不住，彈起來奔了出去。

「小赤佬命不好，三歲死了娘。是我領他大的。我沒有鈔票，總比後娘強。只怕我活不長了。」

「您老不要這麼想，您老還強健得很呢！」

「眼睛一閉，一腳去了，他可就苦了。」

「也不會苦到哪裡去，大家都會相幫的。」

老頭斜起眼看看他，哼了一聲：「我老早就開始幫他籌鈔票，有了鈔票就不怕了。」

「倒不是這樣講的。」

「我在上海灘混了一生一世，舊社會、新社會混了各有三十年，我總算明白了：人好比是條魚，鈔票就是水，魚離開水，一腳去了。」

他只好默然。明知他不對，一時間也找不著相對的道理，有了道理，還需要組成合適的比喻呢。

外面的吵架聲平息了，王強新回來了，報告道：「小組長來了。」

「我要走了。」張老師站起來說。

「送送老師去。」

王強新跟在老師後頭走了出來，對門圍著一圈人。

「在吵什麼呢？」

「毛妹和她阿哥吵，一天到晚吵。她阿哥嫌她沒工作。沒有工作又不好怪她。」

「是不好怪她的。」張老師說。

他們一起走到馬路上。

「你回去吧！」

「不要緊。」他還跟著他。

「王強新，你上課要好好的，啊？」

「噢。」

「王強新，你下課也要好好的，啊？」

「噢。」

他們默默地走了一段。

「張老師，你做什麼不結婚？」

「嗯！」他吃驚地回頭看看他。

「沒有人給你介紹嗎？」

他說不出話來，臉有些發燒。

「其實，你把毛妹討得去好了。」

「你在說什麼呀！」他大吃一驚，幾乎要暈過去了。

「其實毛妹挺好的，就是沒有工作。還有，屁股太大了。」

「你怎麼說這種話！」他臉徹底地紅了起來，紅得像一只燈籠。

「怎麼啦？什麼地方不對啦？」他也有點吃驚，關心地看著老師。

「你小小年紀怎麼管這種事？」

「我是爲了你好，毛妹雖然沒有工作，可是她年輕，你不會吃虧的。」

「我不要你管。」

「我也是爲了毛妹好。」他說。

「毛妹也不要你管。你管好你自己就行了。」

他們又默默地走了一段。

「王強新，你上課眞的要好好的，啊？」

「噢。」

「王強新，你下課也要好好的，啊？」

「噢。」

路燈把他們的身影投在地上，一個長，一個短。

6

放學的時候，體育老師把王強新帶到張老師面前，說：「你來管教管教你兒子。上課的時候吵得不得了，害得大家都沒上好課。」

「王強新，你又在吵什麼啊？」

王強新不響，微微笑著。

體育老師繼續告狀：「站隊的時候，他立都立不直，歪過來，倒過去，一會兒靠在同學身上，一會兒撲在地上。骨頭輕得很。」

「王強新，是這樣嗎？」張老師問。

他笑而不語。

「你看看，這小人坐沒坐相，立沒立相。誰講他都不聽，他還算服帖你的，張老師。」

王強新果然沒有立相，一隻腳長，一隻腳短；一隻肩胛高，一隻肩胛低；扭脖歪腦，眉斜眼不正。

「王強新，立立好。」張老師厲聲喝。

王強新換了換腳，依然是一腳長一腳短，一肩高一肩低，不過是掉了個方向。

「王強新，你會站吧？」張老師耐心地問。

他晃了晃腦袋，不曉得是發犟還是忸怩，意義不明。

「這小人碰到什麼生理周期了，這麼難弄。」體育老師說。

「立立好，王強新。」張老師有點火了。

王強新仍舊不立好，還斜起眼睛瞅了張老師，像是和張老師做什麼遊戲。

「王強新，立立好。」張老師眞是火了。

「不立好。」他居然還這麼說。

張老師一揮手，給了他一個嘴巴。

大家都一愣，體育老師趕緊拉住張老師的胳膊：「張老師，你不好打學生的。」

王強新忽然咧開嘴哭了起來：「你打人，你打人，操他的。」

張老師愣愣地看著王強新，腦子裡一片空白，忽然想到：「哭」字，這個字想得可眞妙，他實在太像「哭」了。

王強新一邊哭，一邊向門口走去，誰也沒有攔他，目送著他走出辦公室，然後才轉過頭看張老師。

張老師怔怔的，在想那個「哭」字。

過了一會兒，一個老頭兒便以廣播體操「全身運動」的姿態衝進了辦公室，衝向張老師：

「操他的，你打我人！你老師好打學生？現在是新社會，老師又不是私塾先生，說罵就罵，就打就打，操他的！」

全體老師都上來攔住老頭兒，不讓他一頭扎在張老師懷裡。張老師除了發呆、出汗，便只有點頭作揖的份兒了。

「我要找你們領導去，我要找你們校長去！」老頭叫囂著。

「我跟你去。」張老師說。他終於說出話來了。

於是，兩人便一起向校長室走去。據說，張老師當著校長的面向老頭兒陪了不是。

第二天，張老師又到陶老師的四班，當著全體同學的面，向王強新道歉。

第三天，張老師在全體教職員工會議上做了自我檢查，並聽取意見接受了批評。

第四天，張老師主動跑到校長家，要求放棄即將調上的一級工資。

第五天，據說校長把一份上報區教育局評定優秀教師的材料撤了回來。

第六天是星期天。

第七天是星期一。

第八天是星期二。

第九天，張老師從教室走到辦公室，王強新迎面奔過來，一頭的汗，紅領巾歪到後邊去了，倒像戴了一只圍嘴。奔到張老師前面有三四米的地方，忽然站住了。

張老師也站住了。

王強新看看張老師。

張老師看看王強新。

一句話沒有講。

張老師折過身來走了。

王強新調過頭去走了。

兩人都有些倉皇。

一九八四年四月二十八日，上海

《雨花》，一九八四年九期

阿蹺傳略

他吃力地收小步子的橫寬，微微壓下頭，
看著兩隻畸形的腳悄無聲息地邁在綠色的塑料地毯上。
他認認眞眞地走著，每一步都花了力氣，費了心思。
可是，這路多麼地長啊！
禮堂高大的穹頂籠罩著他，他感覺到這籠罩，背上有點重。

1

都叫他阿蹺，眞名實姓倒忘了。

他生下來的時候，也是好樣兒的，和一切嬰兒一樣，紅紅的，皺皺的，四肢很整齊，雖是小，該五個，該一雙，分明是一絲不差，哭得也洪亮。

後來得了小兒麻痹症，連日高燒，沒死，活過來了，卻留下了後遺症；一雙腿細細彎彎的，成了外八，雖不拄拐，可走動起來，擺動的幅度卻大，叫人看了，又好笑，又吃力。他自己是習慣了，走得又快又熟練，還能跑。跑起來，兩臂一旦擺動，手指可以輕鬆地碰著小臂內側，頗像鴨子划水，這也是小兒麻痹症給他留下的。

父母總覺得是自己的罪過，對他就抱歉起來，一味地寬容。小小的時候，他和弟弟一併犯下過錯，打碎一摞碗盞，弟弟被罰跪在門後搓衣板上，而他則只輕輕地挨了一記「毛栗子」——食指或中指的第一個關節在腦袋上磕擊一下，就赦免了，放他出去撒野。和鄰居孩子有了爭端，無論誰錯誰對，一律護著，還說：「他是蹺腳，他能怎麼你？打你，還是踢你？連站都不穩呢！」父母叫他「蹺腳」，是當作暱稱來用的。他從小聽慣了這樣的叫法，也覺得自然而親切，只認爲自己的名字本就如此。

鄰居們雖也惋惜他，先還讓著幾分，可是究竟忍不了太多的委屈，漸漸地便有了一些怨言。說起來也是，蹺腳總不是眾人之過，天下也並非唯獨蹺腳不幸，別人四肢雖健全，或許也還有別處的傷痛，總不能都對他一個謙讓，都讓他一個方便，都向他一個贖罪。漸漸地，就對他平等相待起來，逼急了也會說：「蹺腳，你小心，我不饒你，蹺腳！」雖他聽慣的叫法，他卻也能聽出區別，就要翻臉，或是罵：「我操你媽的！」或是吐唾沫。人們一邊躲著一邊笑道：「難道叫錯了！你不是叫阿蹺嗎？你爹你娘不都是這麼叫你？」他說不出話來，只得悻悻離去。過了半日，卻又沒事似地走過來，笑盈盈地送給小孩一粒糖，又殷勤地叫：「阿娘，飯好了，我幫你開鍋蓋啊！」人們自然是謝，他則竊喜，原來他在那糖紙裡包了一塊肥皂，在飯鍋裡撒了一把粗鹽。想像是阿娘急得跳腳，小孩失望得哭，他感到無上的得意和快樂。這麼一得意、一快樂，不覺寬大了許多，不再計較人們對他的稱謂，卻越發地爲非作歹。弄到後來，連父母都有些不耐，卻改變不了他在家中經久習成的地位。吃飯，唯獨他可以把一碗葷菜拖到跟前，湊著菜碗大嚼，無論頭上挨多少下竹筷的敲擊也不放碗，晚上乘涼，他早早占據藤靠椅，待到父親用蒲扇拍蚊子那樣地拍，才肯出讓。

2

上小學那年，正逢「文化大革命」興起，父母自然是有資格參加「革命」的——父母是工人不說，祖父母也是貧苦人民，是蘇北逃難過來的漁民，在閘北用蘆席捲起滾地龍棲身，然後才修起了這兩間草房。一家七八口，便在這草房裡住著，孩子就在陰冷潮濕的泥地上爬著長大。他們不革命誰革命？父親在「革命」中，結識了一個房管局的戰友。一次武鬥中，掩護了那戰友的撤退，事後，那戰友非請父親吃飯不可，聊表心意。實在推不過，就去了，是在一個極其高級的大飯店裡，極盡天下之豪華。吃的喝的，全是叫不上名字的，上的菜，一道兩道也數不清爽，杯盤碗盞錚亮，耀得眼花，一整個晚上都像在作夢似的。父親吃過之後，心裡十分不安，總覺得自己所作所爲配不上這一番盛情，也想回請。可是又有點慚愧，怕薄了客人。母親卻說：「地方是破，坐是要受點兒屈，可是吃，我們不會虧待。再說，總也是一片心啊！」父親這才下了決心，請了人來。

客人在潮濕陰暗的小屋裡吃著醬油味兒很濃的蘇北菜：獅子頭、紅燒蹄膀，不禁動了惻隱之心，他要給父親弄到一間整齊的房子。他說話是算話的，第三天夜裡，就送來了一把鑰匙。

於是，在阿蹺上小學的那一年，他們全家搬到了最最中心、最最繁華、最最「上海」的淮海中路一條新式弄堂裡，一幢雙開間房子底層，一間朝南的大房間。房間裡，另有一門通向小花園，小花園裡有一扇鐵門，門栓用粗鉛絲牢牢地拴住。當父母兄弟們忙著拖洗地板、安置鍋碗瓢盆的時候，他便全力地對付那粗鉛絲。他找不到工具，只找到半塊磚頭，就用磚頭砸，用手拗，用牙咬，手上出了血，才把鉛絲解開。而門栓已經鏽住了，又花了好大的力氣，弄了一手一身的黃鏽，才拉開門栓，推開了門。鐵門沉重地響著，推開了，外面是寬闊平整的弄堂，正對著前排房子的後門。他有些失望，無趣地拉起大門，要退進去，卻看見斜對面後門口蹲了一個小孩，白胖得像用麵粉揉出來似的，鮮嫩極了，他不覺微笑了一下，想去摸摸，就朝前挪動了步子，不料那孩子忽然站起來，驚叫了一聲，跑進門裡，後門「砰」地關上了。他目瞪口呆地站著，半晌沒回過神來，不明白發生了什麼，心裡的溫情也消退得無影無蹤。

然後，他上了學校，有點畏懼。望著那些穿戴頗爲齊整的孩子，深覺得闖入了一個不該屬於自己的世界，而且不敢貿然吐口，因爲怕露出了蘇北口音。在原先的地方蘇北話是第一語言，若是有非蘇北籍的孩子，也必須學會了蘇北話，才被接納。而在這裡，大家都說著悅耳的上海話。他覺得自己那麼的和人兩樣，覺得很孤單。下了學，他總是提著書包和語錄包，急急地回來。回來也是寂寞。弄堂裡，門都關得嚴緊，很少有孩子在外面玩，偶爾會有一二個露頭，也遠遠的，自己玩著，輕輕地說著，大人一聲叫，就不見了。他掃興得很，可是很快就振作起來。弄堂裡傳來劇烈的打鬥聲，開進來一支紅衛兵。門開了，紅衛兵殺進去，他隨著也要進，門口卻有紅衛兵把著。他向他們解釋：「我是紅五類。」沒有人聽他，他只得倚在牆上挖著鼻孔。裡面傳出喝斥聲和玻璃器皿的破碎聲，惹得他心癢難熬。靈機一動，他往上一跳，抓住垂下來的夾竹桃樹枝。然後，雙腳對著牆一陣亂刨，上了矮矮的圍牆。不料卻叫牆上五彩的玻璃片扎了手。「操他媽媽的！」他罵著，終於找著了他應該做的事，折了一根樹枝，「啪啪」抽打著玻璃，濺起五彩繽紛的碎片。直到牆頭一圈玻璃全都敲光，才丟下樹枝，吐了一口長氣，心裡感到了充實。他騎在牆上，看著裡面翻天覆地，感到無窮的快樂。

從此，他便覺得自己本來毋需畏縮、毋需戰戰兢兢。再說，上海話他已操縱得較爲熟練，他開始漸漸地打入學校和弄堂的生活中去。別人玩，他就站在旁邊看，並不站遠，時時教人想起他。他更顯露著他所熟悉的而他們所陌生的遊戲，吸引著別人。他渴望著和人們在一起，毫不量力地爭取著一切和人們在一起的機會。他千方百計捉來蟋蟀給同學們玩，將父母回家來講的車間裡那些粗俗的笑話講給同學們聽，以博得好感。有一次，他居然參加了「捉人」的遊戲，而他一跑動起來，周圍的人便笑了，笑得蹲到了地上，連路上的行人都站住了看他。他停住了，人們還笑，他繼續跑，人們更笑了，有的竟躺到了地上打起滾來。一時間，他不知道怎麼辦才好，他有點窘，又有點委屈，卻忍著，並且和大家一起笑了起來。大家都快樂地笑著，誰也沒發現他眼裡的淚光。

後來，軍訓課上，要比賽短跑，就有個調皮同學舉手推薦他。哄然大笑。老師怒斥過後忍不住也笑。他便不好有別的表示，只能跟著笑。就有人竊竊私語：「他的皮很厚。」軍訓課以後是政治課，大家回到教室，那個同學要削鉛筆，捲筆刀裡卻牢牢堵著一節蚯蚓，嚇了一跳，扔去很遠。想想又不甘心，抖著手拾起來交給老師。不料老師比他還膽怯，一甩手，扔了。扔得更加徹底，直扔到窗外。窗外是馬路，人來車往，找都沒處找。老師以爲是那同學惡作劇，那同學又說不清緣由，只得哭了。

放學回來，他歡欣鼓舞地踢著一塊石子往家走，不料卻聽前邊一聲驚叫，倒把他嚇了一跳。抬眼看去，只見兩條白藕似的小胖腿，努力交替著向前跑去，他不由緊追而去。那個胖腿交替得更急切了，快又快不了，一下子絆倒在地放聲大哭起來。門裡走出大人，抱了起來，一邊撫慰，一邊斥責：「你爲什麼嚇唬小孩子？小孩子被你嚇出毛病怎麼辦？」

他這才明白自己的威力，在以後的日子裡，他經常使用這一手段，進行威脅，頗見成效。

3

其時，他的頑劣已使他父母越來越不耐，越來越將本是出於憐憫的一點兒衷心轉移到其他健全的孩子身上。他總是不動聲色，家裡卻時常發生奇怪的事情：父親那本珍貴的《毛澤東選集》袖珍本不見了，等到翻江倒海地找遍之後，卻見在枕頭下邊安詳地躺著。母親那把牛角梳上已經很少的齒子不知不覺地日益少去。與弟弟搶東西吃，弟弟總是搶不贏他，只有哭。哭了，父母就一起出動，追打著他。他閃電般地跑出門，跑到弄堂裡，父親停住了，他也停住，回身挑逗般地一笑，齜出頗整齊的白牙，父親便咬牙罵道：「你個赤佬！你個阿蹺！」

逐漸稔熟起來的鄰居們也跟著喚他阿蹺，他總是坦然，由人叫去。可是不久，弄堂的陰溝便堵塞住了，漫了一弄堂的臭水。請了房管處修下水道的工人來，掏出一大堆破布爛菜葉。人們互相埋怨著，張家怨李家不當心，李家怪王家懶惰，吵成一團。誰也沒看見，不遠處的門口，蹲了一個人，鎮靜地挖著鼻孔。他慢慢地站起身，從人群中間踱過，人們不由靜住了一會兒，看著他向弄堂口踱去，然後有人輕輕地說了一聲：「壞胚！」

他沒有聽見，管自走去，走到弄堂口，坐在街道花園裡，望著人來車往的馬路，見有長得好看的女孩子走過，便從地上拾起石子扔去，有時扔不準，有時則很準，那女孩便驚叫一聲，轉著身子，四面望過來，望到他時，他正俯著頭，專心地朝一隻螞蟻吐唾沫，妄圖淹死它。

由於時常在弄堂口坐著，慢慢地結識了隔壁弄堂的調皮孩子，慢慢地又交上了朋友，至死不渝。一個個都跟隨著他，爲他的刁鑽古怪而折服。那都是些比他小得多的孩子。也只有這樣小的孩子，才能服從於他。不過，站在一起倒看不出他們年齡的差別，他似乎很難長大了。雖然已經讀上了中學，可卻仍然像個十來歲的孩子，矮而瘦弱，面色青黃，手臂腳桿，蘆柴棒似的。知情人卻知道，他那手臂腳桿，雖不悅目，卻是十分管用。而自從有了手下的兵，他便不太勞動腿腳，光是坐著，教唆小孩子去襲擊好看的女孩子和好學生模樣的孩子，再就是百般地調笑一下淮海路上的精神病患者。只在關鍵時刻，他才親自上陣，那便到了全劇的最高潮了。他一撒腿，雙腳便不可思議地從膝蓋以下分向兩側，大幅度地搖擺著，前後一二公尺不能近身，雙手則碰打著小臂內側，加強著聲勢。於是，敵軍四下逃竄，而他們則拍手稱快。爲了能夠時常享受這歡樂激動的場面，他的部下有時會誇大敵情，促使他上陣。他心裡明明清楚，卻並不推辭，因爲這也給他帶來了極大的滿足。

慢慢地，小孩子們都長大了，高過他一個或半個腦袋，身體也很壯實。光看身體，都說他是弟弟，他們是哥哥，可是看臉，卻看出了他的年紀。青黃的臉上似乎不那麼平展，細看，並沒有什麼摺皺，可總令人覺得皺巴巴的蒼老。長大了的孩子們慢慢地識破了他，不屑於與他爲伍，一個兩個地離開了他。各人有了各人正經的事情，見了他，有時像不認識似的，迎面而來，擦肩而過。他便在心裡罵一聲：「我操你媽媽的！」依然不足以解恨，就又附上一把黃沙。

4

待到中學畢業，他還脫不了一個十歲孩子的形狀，拿他沒奈何。

這一屆畢業，雖不再是「一片紅」，可是傳說很多。同學們惶惶不可終日，唯有他最篤定。即使是兩片紅、三片紅、十片紅，天王老子都不留，也得留他在上海。他是注定在上海的，他注定是要將上海人做到底的。看著別人沸沸湯湯，他很得意。

他分配進一爿街道生產組裡，做繞線圈的活兒。可是，事實很快證明了他那雙手不能勝任這種細緻的工作，就派他專門給人送料，再把人家做好的線圈搬走，這倒比坐著繞八小時線圈不厭氣。他每日就在幾個工作檯之間走動，認識了許多人，大多是姑娘，而且也有頗不難看的姑娘。她們都叫他阿蹺，叫著倒並不刺耳，還有點喜歡被她們嗲聲嗲氣或者凶聲凶氣地叫著。不知是由於他形狀是個孩子，還是由於他的殘疾，姑娘們對他並不存戒心，還很親熱，不像她們對那幾個電工男青年，矜持得可怕，鐵板著臉，叫人不敢斗膽搭上話來。她們對他卻隨和，老和他鬥嘴，鬥得高興了，還在他肩上或是背上甚至頭上拍打幾下，這是很令他愉快的。

自從有了工作以後，家裡對他也另眼相看了，第一次發餉，母親就給他買了一身藏青滌卡兩用衫，一出門，就有人恭維：

「阿蹺，時髦了嘛！抖起來了嘛！」

他只微微笑著，不作答，十分矜持。

阿蹺不是沒良心的人，對他好，他也對人好，曉得盡孝心。買了三毛錢豬頭肉給父親下酒，父親居然也給他斟了半盅。有了人對飲，父親的態度和藹多了。

這是阿蹺一生中最幸福的時光了，可是幸福的時光總是轉瞬即逝。

5

「四人幫」打倒了，遊行遊過了，鞭炮放過了，開心過了，熱鬧過了，接下來就要做事情了。

他及他的全家碰到的第一樁事情，便是房子的事情。這房子本是私房，原房主——一個綢布行的老闆，日日上房管處去，房管處就來找他們，雖不是日日，卻也只間隔三日五日。父親去找那老戰友。不料他正靠邊，日夜埋頭準備著「講清楚」，自身都難保，哪還顧得其他。家裡商量著，都覺得要搬出這房子，已是大勢所趨，正像當年搬進來的時候一樣。可是人已經住在這裡，總不見得硬趕他們走。他們只有向房管處提條件，房管處答應，就搬；不答應，那就不能怪他們不搬。主意定了，心中才覺得踏實。可不免又有點憋氣，總覺得「文化大革命」歇了生產又死人，鬧了多日，忽又全部變回來，白鬧了似的。再想想，更覺得還是窮人家倒楣，母親便說，命裡只該九升九，走遍天下不滿斗。

房管處一聽條件，先是瞪眼，然後說研究研究。研究過後再來討價還價，還不了價，又回去研究；終於同意了，就該是咱們研究了，讓他二日再來；又提出新的條件，再瞪眼，再研究，再討價還價……在這無窮盡的反覆中，他們在這房子裡捱過了整整一年，那一年裡，只想著談判，已沒了過日子的心思。

其時，插隊知青紛紛開始回城，一個個昨日還黑臉黃皮的，今天卻蹬起了高跟鞋，騎上了嶄新的鳳凰牌自行車，飛也似地去上班。他的優越，不知不覺消失殆盡，那套滌卡兩用衫早已不再時興，有了拉鏈衫、青年衫、上海衫，而滌卡又牢得沒有一點兒壞的意思，自然就沒有理由另換新裝。

這時候，不知爲什麼，姑娘們對他沒有遠近的打趣也安慰不了他了。眼見那幾個電工悄無聲息地都有了女朋友，一起進一起出，一起吃午飯，一起看電影，這才覺得空落落的，少了些什麼。當他們的女朋友與他開著放肆的玩笑，他們卻若無其事，還跟著一起笑，沒有一點兒醋意，這使他非常非常地不滿。他莫名其妙地感覺到了惱怒。他開始厭惡姑娘們的挑逗，要做出嚴肅的樣子，好叫她們稍許收斂。然而，她們是不肯放過他的，千方百計地逗他：「阿蹺，怎麼不開心？」「阿蹺，這麼嚴肅，要入團了嗎？」「阿蹺，想女朋友了嗎？阿姊給你介紹一個？」其實，她們並不比他年長，甚至年幼得多，可是誰都把他當作長不大的孩子。而她們只顧玩笑，忘了他確也有著七情六欲，他確實也想要一個女朋友。給逗急了，他便回嘴：

「我不要你介紹，我就是要你！」

大家便笑：「阿蹺噱頭好得很啊！」

連那女孩子的男朋友也跟著笑：「讓給你，讓給你，我是很大公無私的。」

甚至有人把他往她身上推，她就尖叫。

事實證明，這麼板著面孔並不會改變什麼，只教別人奇怪，自己也有些吃力，不如豁達一些，隨他去。他是想得開的，如若不是想得開，這麼些年他就要過苦了。而正由於他的豁達，非但不苦，還時時有些樂趣。

這麼想著，他隨和起來。反被動爲主動，還能撈些便宜。她們拍打他，他也輕輕地還手，手掌裡就留下一些溫熱的回憶。鬧得凶了，桌子盡頭南窗下的姑娘就會輕聲輕氣地勸阻：「不要吵了，不要吵了，阿蹺蠻可憐的。」吵鬧把她的聲音早淹沒了，他卻分明聽見了，便要注意地看上一眼。多看了幾眼，心裡就有些奇怪地顫顫著。那姑娘長得並不好看，卻十分白皙。他自己邋遢，卻總是爲白皙的皮膚吸引，他就對她格外地照應起來。她把線圈纏得粗糙，他就偷偷地換到隔壁的盒子裡，然後大叫：「這是誰的活？就這麼懶潦嗎？」並且高舉著展覽。隔壁那姑娘就急得大叫：「我沒有做過這樣懶潦的活兒！」「不是你，又是誰？」他說著，一邊偷眼瞅她。她安詳地低頭做著活，看都沒看一眼，對他的掩護一無所覺。他便有些沮喪，垂下了胳膊。他又見她午飯吃得簡單，半盒飯，上面蓋了一點兒青菜，幾片香腸，不禁有些憐惜。一天中午，趁沒有人，他從褲袋裡摸出一個鹹鴨蛋，朝她滾過去，說：「給你吃！」不料她驚恐地讓開了，身體緊貼著椅背，讓那鴨蛋從她面前滾過去，滾落到地上，碎了。那膽戰心驚的樣子，好像面前滾過的是一顆炸彈。那嫌惡的表情，又好像看著一隻骯髒的老鼠。

鴨蛋碎了，他心裡居然疼痛了一下，好像也有個什麼和著鴨蛋一起碎了。不過，那破碎的感覺隨著破碎的聲音一起消失了，留下一肚子的憤懣：「不識抬舉！」他說道，例外地沒有罵「操他」。

近來，他在那些從小就罵習慣的粗話裡咂出了非同尋常的滋味。他不明白，自己怎能罵了這多年卻還什麼都不明白；他更不明白，自己既是什麼都不明白，卻怎能罵了這多年！他興奮而戰慄地想著，這些，原來是這樣的啊！這新的發現使他騷亂不已，他變得十分暴躁。只為父親說了一句：「吃飯聲音像豬吃食！」他便把碗給摔了，跑了出來，走在熙熙攘攘的淮海路上，心裡感到寂寞極了。他忽然覺得，身邊走著的所有的人，都要比他快樂。有人走過去，又回過頭來詫異地看他；有人走過來，明明詫異，卻不動聲色。他罵道：「操你媽的！」不覺又戰慄了一下。

每天夜裡，他依著想像，依著那些粗話作為字典，編造著一個一個淫穢的故事，來慰藉騷亂不安的心靈，直到深夜。白天是太喧騰了，他沒清靜編故事，身不由己地捲入那些說笑中去，他就變得十分猖獗，生造出許多不堪入耳的詞彙，令人膽戰心驚。

6

工場間的姑娘開始相繼結婚，湊禮錢總少不掉他的一份：五毛錢，一塊，兩塊，隨著市場物價的增長而增長。喜糖自然也少不了他的兩包，每包八粒。糖嚼在嘴裡，總有一股異樣的滋味，他慢慢地咬嚼著，心裡慢慢地升起了一股說不明白的心情，悵然得很。

喜糖的滋味淡去不久以後，她們的腹部便日益顯山露水，肚子把褲扣處的開縫裂開來，肆無忌憚地露出襯褲的神祕的花樣，令他看了心驚肉跳。而她們渾然不覺，大聲交流著那裡面的種種動靜，有時則將頭湊攏一處，將聲音壓得極低，什麼沒說似地說著什麼，令人百思不得其解。再望望那奇異而偉大的隆起的腹部，便只有肅然起敬的份了。

這樣，她們倒把阿蹺冷淡了許多。阿蹺有了靜默的機會，難免就要想一點兒什麼。有時候也會想想自己。一旦要想自己的時候，他便發現自己是沒什麼可想的。喧喧騰騰的一日一日過了下來，在工作桌之間周旋著，尋著別人的開心，又被別人尋著開心。手沒一刻閒著，嘴也沒一刻閒著，手搬來搬去搬了這多年，也不知究竟搬的什麼零件，安在收音機上的還是電視機上的？嘴說來說去的就更不知說了些什麼，又都彙集到哪裡去了。往前一點兒，在學校裡，讀著幾本從來沒讀通的書，或是坐在弄堂口，看著來來往往的車和人，不知那書是讀作什麼用，更不知那些車和人是從哪裡來，往哪裡去！更往前一點兒，就要模糊一些了，棚戶區擠擠的屋簷下，對著牆根小便，把那蟋蟀淹出來，牆根泡酥了。再往前一點兒，便什麼也記不清了，滿耳朵都是「阿蹺阿蹺」的喊聲，或嗔或喜。他想著這些，覺著了無聊，並且升起一股淒涼的心情。他有些沉默了。

偶爾有人想起他，打趣道：「阿蹺，什麼時候吃你的喜糖？」他便陰沉著臉罵：「我操你媽的！」這罵和那罵是很不相同的，有一股認眞的惡狠狠的味道，人們便不再敢惹他，由他沉默去了。

當他沉默夠了，渴望著輕鬆一下，對著一個剛隆起腹部的姑娘說：「我看你的面孔，大約是生不出兒子來地。」不料那女工破口大罵：「我不要兒子，只要生出來腳不蹺就可以了。」他很沒趣，連「操他」都不好出口，找上門討罵的。想開玩笑時，卻又開不好了，似乎把那玩笑生疏了。有時候，開頭還順利，一句去一句來地進行下去了，甚至於她還打了他一下，他便回手。不料卻又回重了，她尖聲叫起來，拳頭像雨點似的落在肩背上，那已不是玩笑了，他覺得了痛。他耐不住，重重地回擊了一下，她卻怔住了，瞪著他。他憤怒得幾乎變形的臉嚇住了她，她再不敢動手，只得放聲大哭起來，一邊哭，一邊罵：「阿蹺，阿蹺！死不掉的蹺腳！」他忽然哆嗦了一下，在這從小就聽熟的稱呼中聽出了什麼，他似乎方才發現這稱呼的內容。

從此，他變得十分陰沉，暗暗地懷恨著每一個人，沒有來由地懷恨著每一個人。他不再和人玩笑，連一般的話也不太說了，偶爾會冒出一兩句話，也教人不寒而慄，人家都有些懼怕他，不敢惹他，只敢壓低了聲音議論他。

「阿蹺是怎麼搞的？變得這麼嚇人？」

「不曉得，他變得多麼嚇人！」

「阿蹺其實也不小了，有二十了吧！」

「二十五都不止了啊！」

他陰沉著臉從旁邊走過，明明聽見了，卻當作沒聽見。不過心裡倒著實想了一想，自己究竟有多少歲了？很少有人想過他是多少歲，連他自己也沒認眞想過，只是這麼一日一日喧喧譁譁地往下過。他心裡思忖著自己的年歲，捧著材料走了過去。他現在走路很注意減小幅度，盡可能保持平穩。可是很難辦到，反而走得累了。他向來沒覺得走路是個負擔，這會兒覺著了。他去和組長講，要求做做別的活兒，不用走路的活兒。組長很爲難，她不明白他還能做什麼，可又怕惹惱了他。不知爲什麼，她覺得，一旦惹惱了他，便會非常非常倒楣。好在這時候，有一樁事情無意中解除了她的困窘。上面下來文件，凡是「文化大革命」中畢業的中學生，全要參加初中文憑或高中文憑的統考，單位裡要給時間補習功課，考不及格要扣除獎金。乾脆，就讓阿蹺脫產補習一個月，參加第一批統考。

7

他天天坐在家裡補習功課了，父母都爲他叫屈：「你讀不好書又不能怪你，應該怪『四人幫』呀！」他就要講：「你這話對我講有什麼用呀！」他這麼講，絕不是因爲擁護統考，他心裡也是怨得很，明裡暗裡罵過上百個「操他」了。可是他厭煩父母的囉唆，不知從什麼時候起，他連自己的父母也恨上了。他以爲別的兄弟姊妹都健全、獨獨他腳蹺，這全是父母能作主的事，全是父母的錯。所以，他恨父母恨得比其他人更強烈似的。

聽他這麼一講，父母就冷笑：「你考得取吧！你是讀書的料吧！」

他一火，把桌子掀了。

開始幾天，坐在隔壁弄堂一個汽車間裡，聽那個四塊錢一晚上聘得來的老師講課，呵欠連天，只想睡覺。低頭看書，好比天書；抬頭看黑板，畫得像八卦似的。暗暗叫苦，心想獎金敲掉是鐵定了，橫豎沒有幾塊錢。這麼一想，反倒定下心來，不打算考了。不看書，不聽講，卻陡然來了精神，呵欠不打了，也無睏意了。乾坐著，倒有些無聊，順便聽了一兩句，倒聽進去半句一句的；再聽三五句，又進去了兩三句。阿蹺本不是糊塗人，心也靈得很，只不過從來不用心，稍稍放上一點兒心思，書也是讀得通的。反正在家裡也沒事，稍微看看、學學，也一課一課學下來了，讀書本也不是多難的事。這樣，也慢慢地有了點兒興趣，到了考試這一日，他輕輕巧巧地考下來了，分數還頗不錯。回到生產組裡，人們看他的眼光就有點變，免不了還要打趣幾句：

「看不出來嘛！阿蹺還有這等本事！」

「阿蹺讀書這麼聰敏，必定會有前途。」

「阿蹺是讀書人嘛！」

他不言語，只是笑笑，眼睛裡少去了一些凶光。面對著這般的讚譽，他就不太好再鬧情緒要求調工作了。繼續在工作桌之間搬貨送料，走路時盡量縮小動作不說，還極力挺直腰板，注意著風度，因此，更加地感到走路的負擔。

其時，開始流行舞會，元旦、國慶節、「五一」勞動節、「五四」青年節、評先進、發獎，樣樣事情都可以借來由頭開舞會。場子拉好了，錄音機開響了，大家擠在邊邊上，圍著個空空蕩蕩的場子，嘰嘰格格笑笑，互相往場子裡推，好像場子裡不是地板，而是一個水塘，給推的人都拚命掙扎，不幸推了下去的人，來不及地跑回來。然後外邊的人一起擋住他，不讓他回來，於是他乾脆往外拖他們，以求一同下水。

他擠在裡面湊熱鬧，專門推人家，推得很凶，很用力，把人推得踉踉蹌蹌。音樂放了一曲又一曲，就是沒有人下去，卻也沒有人走開。他聽著音樂，就興高采烈起來。他喜歡聽音樂，無論是激烈的，還是慢悠悠的。時間一點一點過去，眼看舞會快要結束了，這才有人紅著臉壯著膽子，羞答答地又不大情願地下去，彼此都好像是被對方強拉下去的。開始是一對兩對，後來，三對五對，再後來，就漸漸地滿了，滿得要溢出來了，像小菜場一樣了，擠來擠去。不過，在這裡撞著了人，踩到了腳，不作興像在小菜場上那樣相罵，都要客客氣氣地相讓才對。

大家都跳起來了，跳交誼舞不算，還要跳迪斯可，兩隻腳像踏水車似的。阿曉悄悄地離開了舞場，他極力小心地走著，怕碰著了別人，也怕別人注意到自己。他覺得很孤獨。跳舞風越來越盛，連上班，屁股都坐不定了，討論著三步、四步，什麼華爾滋，什麼倫巴。

「我看到有兩個人，這麼跳，這麼樣跳。」一個小姑娘做著樣子給她對面的小姑娘看。

「噢，蹺腳倫巴。」

「蹺腳倫巴？」

「你連蹺腳倫巴都不曉得啊？」這一個很驚訝，驚訝中透出了藐視。

對面那個踢踢她的腳：「輕一點兒，阿蹺要聽見了。」

「我們又不是講他。」這個不在乎地說，仍然不放心地抬頭看了看，阿蹺正好站在她邊上，收她做好的線圈。她有點窘，喃喃地說：「阿蹺，我們不是講你噢，你不要動氣噢！」

「講我也不要緊的。」阿蹺說，倒確有幾分眞心。

「眞的，我們眞的不是存心的。」她越發惶恐，漲紅了臉，連連解釋。

阿蹺不響，邁著八字步走了，鼻子卻有些發酸，好像眼睛裡要流出點兒什麼東西來而又終於沒有流出。

8

新近，上面又翻出花樣經，要搞什麼「振興中華演講」。區裡要下面每個工場間都報一個人上來。自願報名，結果一個人也不自願，只好讓領導點名了，一點點到了阿蹺。大家都說：「蠻好蠻好，阿蹺可以談談上次的統考。」「同意，同意，同意的人舉手！」刷地，舉起了一片手。「通過，通過，一致通過！」阿蹺很憤怒，咬牙切齒地罵著最髒最惡毒的字眼，可是誰都沒聽見，一哄而散。組長勸他：「大家選你去，你就去嘛，這是很光榮的事。」

「是的呀，是很光榮的事，我是要去的，你等著我去好了！」

「明天你不要來上班了，在家裡準備準備好了。」

「是的呀，我是要好好準備準備的！」

「你不要動氣呀，大家是好心。」組長有點怕了。

「我曉得是好心，我是要去演講的，我是要去『振興中華』的。」說完，他轉身就走，邁著幅度極大的步子，兩個喇叭口褲腳管，左右掃蕩著路面，走了。

第二天，他眞的沒來上班，不過並沒有準備演講，而是在床上睡了一天，從小報上看了幾篇「碎屍案」、「無頭案」。第三天，到了工場間，組長小心翼翼地看看他的面孔，問道：「你到底準備了沒有？」

「到底準備了，準備得蠻好。」他微微笑著，組長汗毛都豎起來了。

「眞的準備了？」她歇口氣，又問。

「眞的準備了，台上見好了。」

她越加不相信了：「你要是實在不願意講，我另外安排人。」

「阿姨，你不要尋開心好吧！前天我不肯講，你硬要我講；今天我準備好了，你又不讓我講了。」

「誰不讓你講了？你肯講當然最好了。」組長趕緊說，走開了。

這一天，在區文化館大禮堂裡舉行演講會，一大個會場都坐滿了，台上掛著紫紅絲絨的大幕，燈光打下來，亮得耀眼，台前擺了一排鮮花，爭紅鬥豔，開得正熱鬧。工場間的人大部分都去了，他坐在忐忑不安的組長身邊。組長好言好語對他講：「不要緊張，慢慢地講。」

「我不會講得快的，放心好了，阿姨。」他回答。

阿姨唯有後悔了，可是到了這一步，後悔又有什麼用，只好聽天由命了。

演講會開始了，都講得認眞。演講的人，都穿得整整齊齊，普通話講得很標準，表情也豐富。越看下去，組長越懊惱，掉頭看看阿曉，他倒鎮定得很，胸有成竹，不曉得準備了一段什麼樣的精采表演。

終於輪到他了。

他從座位上站了起來，若無其事地邁開八字步，向前跨去。他坦蕩蕩地橫掃著，兩腳之間的距離足有一公尺寬，兩隻手柔軟地垂盪著，隨著身子大幅度地搖擺甩打著。

會場忽然肅靜起來，看著他。

他稍稍有些不自在，略有忌諱，開始注意收緊一點兒幅度了。

全場畢靜，無數雙眼睛默默地注視著他。

他吃力地收小步子的橫寬，微微壓下頭，看著兩隻畸形的腳悄無聲息地邁在綠色的塑料地毯上。那地毯變得無盡地長，一直通到看不見頭的台下。並且，那地毯稍稍向下傾斜，微微地有著慣性推他，他幾乎走不穩。他開始後悔不該選擇了最後一排的座位，他本想是要得到足夠的時間出一場洋相，給演講會、給工場間開個大大的玩笑。可是，這路多麼長啊，而且，那麼靜，他腦門上沁出了汗珠。

全場畢靜，無數雙眼睛默默地注視著他。

背上出汗了，汗濕了襯衫，他慢慢地將兩隻畸形的手握起來，握成拳地走著。可是，這路多麼地長啊，而且微微低去，他好像走在一條平緩的下坡上，只有用力把握住腳步，才不致踉蹌起來。

全場畢靜。

他認認眞眞地走著，腦子裡除去走路，走路，別無其他念頭。每一步都花了力氣，費了心思。綠色的塑料地毯被他悄無聲息地一步一步踏了過去，踏了過去，踏了過去，像一條緩緩斜下的綠色的小徑。可是，這路多麼地長啊！禮堂高大的穹頂籠罩著他，他感覺到這籠罩，背上有點重。

他終於走到了台下，他踏上台階，台上幕條後面，有著很多眼睛，默默地看著他，他走上了台階，走上了台。

燈光耀眼而熾熱，他被這耀眼熾熱的燈光包裹著，感到窒息。

他站在講台前，有些氣喘，他喘氣。

忽然，會場爆發起雷鳴般的掌聲，他不由哆嗦了一下，一時不明白發生了什麼事情。

掌聲像雷鳴，像暴風雨，經久不息，經久不息。

他怔住了，怔怔地站在台上，他不明白他怎麼會站到這裡來的，不明白他站到這裡來是要幹什麼的。

掌聲經久不息，經久不息。

他被明亮燈光罩住了，他看不見什麼，他什麼也看不見，他只看見罩住他的光亮在擴大，擴大，無邊無際地擴大，莊嚴地擴大。

掌聲經久不息，經久不息。

他被那耀目熾熱的光亮熔化了，他不知道自己還存不存在了。掌聲停了，會場重新畢靜下來，靜得連呼吸都能聽見，他從來沒有經歷過這樣的畢靜，他怔怔地站在那裡，站了一會兒，從講台前轉過身，重新走了下來。

他鼻子酸了，嘴角被什麼扯動了，眼睛裡，終於有什麼流了出來。眼睛裡，有什麼流了出來，順著臉頰慢慢地流了下來，流進嘴裡，鹹鹹的，他嚥了下去。

《文匯月刊》，一九八五年六期

阿芳的燈

阿芳門前有一盞燈，
她挺著肚子，坐在一把椅子上，低著頭織一件毛衣。
她的俏麗的側影隔了一條濕淋淋的馬路，
慢慢地度過我的視線。

人常會有陰鬱的日子，猶如有時有陰天。

走在那條濕淋淋的小街上，家家門戶緊閉。雨滴敲在水泥的路面上，滴滴答答響，在空寂的街上濺起回聲。望著鉛灰色的雲層，聽著四下裡單調的雨聲，心裡湧上了一種莫名的悒鬱。

在陽光明媚的日子裡，這小街卻也不失明媚。家家戶戶半啓著門，老人在門前擇菜，小孩在門前嬉鬧。在安靜的老人與活潑的孩子的身後，是他們各自的家。這一排臨街的家裡，有著什麼樣的生涯？如有餘暇，又有閒心，便會好奇。

有一天，一個很平常的日子裡，雖不是陰天，也並非無雲的日子，我走過這裡，無心地回頭，望見一扇大敞著的門裡，似乎已經是午後以後很久的時間了，可是桌上依然杯盤狼藉，一條壯漢橫在竹榻上睡得爛熟，蒼蠅停在他的腮上，十分安然的樣子。一個老婦人，像是壯漢的母親，背著門在踩一架沉重的縫紉機，粗鈍的機器聲蓋住了漢子的鼾聲。滿屋子都是叫不出名目的破爛東西，我甚至嗅到了一股腐臭味，於是便扭回頭，走了過去。日頭已成夕照，燦燦地映著梧桐的樹葉，我從樹葉斑駁的陰影中走了過去。

後來，我一日三回地在這條街上往來了，因我搬進了新居，上班需從這裡走過。也不知過了多少日子，我經過這裡的時候，這街上有一個小小的水果攤，擺在臨街的一扇窗下。窗和門是新漆的紅褐色，窗門上有綠色玻璃鋼的寬寬的雨檐，攤邊坐著一個女孩，留著日本娃娃式的頭髮，濃濃的劉海兒罩著活潑潑的眼睛，臉形十分清秀，只是略有些蒼白，可是，唇卻天然地紅潤。她穿的也是紅顏色的衣服，一朵紅雲似地停在黃的梨、青的蘋果、黑色的荸薺旁邊，靜靜地看一本連環畫或是織一件不僅是紅色的毛衣。如有人走過，她便抬起半掩在烏黑的額髮後面的眼睛，如那人遲疑了腳步，她就站了起來，靜靜地卻殷殷地期待著。很少有人會辜負這期待的。

有一次，我站住了，在她的水果攤前。她迎上來說道：「買點兒什麼吧？」她的聲音粗糙、沙啞，與她清秀俏麗的外表十分不副。我停了一會兒，她便以爲我在猶豫，又說道：「今日的哈密瓜好得很，昨晚才從十六鋪碼頭進來的，雖然貴了一些，可是划得來的。」

我沒買哈密瓜，挑了幾只蘋果，我看見她舉秤的手是一雙極大的手，關節突出，掌心有些乾枯，無言地流露出辛勞的日子。而她的臉卻是極其地年輕，臉頰十分柔滑、白皙，眼睛明澈極了。她稱好蘋果，用一架極小的電子計算器算帳，粗大的手指點著米粒大的鍵鈕，數字顯現了。她爽快地免了零頭，幫我將蘋果裝進我的書包。

天黑了以後，這裡的生意便忙了許多，除了女孩，還有個男人在幫忙，聽他叫她阿芳。我猜想這個男人是她丈夫，可又覺得她委實太年輕，遠不該有丈夫。可有一日，我忽然覺得阿芳有些異樣，來回走了幾趟，觀察了幾遍，才發現是身腰粗壯了，顯然有了身孕，心裡不由升起一股奇異的感覺，很惋惜似的，又很感動。再看他們一對，也覺得頗爲美好。他結實健壯，而她清秀苗條，且又年紀輕輕，教人羨慕。他幹活不如阿芳利索，態度也欠機靈，可是，對人的殷切卻是一樣的。那一晚，他爲了要我買下一些爛了一半的香蕉，在濛濛細雨中執著地跟出了幾十步遠，嘴裡直反覆地說：

「要沒有帶錢，以後再給好了。」

有一日，買荔枝時，阿芳便與我搭話了：

「見你總在這裡走過，大約也住這一條街吧，幾號裡的？」

我告訴她住的並不是同一條街，每天必須走過是爲了去上班。

她說：「我想也是。」幫我將荔枝束成把。我看見她臉上有了褐色的孕斑，嘴唇也有些黯淡，手指甲上卻塗了鮮紅的蔻丹，與那粗大的指節相牴觸著，雖免不去俗氣，卻又一派天眞，心裡竟沒有反感。又問她：

「水果是誰弄來的呢？不會是你自己吧。」

她說：「是我男人。他下班以後，或者上班以前，去十六鋪。」

「那麼執照是你的了?」我問。

「是的,我是待業的嘛!」她回答,臉上的孕斑似乎紅了一下,我便沒有多問。

有了阿芳和她的水果攤,這條街上似乎有了更多的生機,即使在陰霾滿天的日子裡。

深夜時分,落著小雨,我從這裡走過,一條街寂靜著,家家都已閉了門。我遠遠地看見,阿芳門前有一盞燈,她挺著肚子,坐在一把椅子上,低著頭織一件毛衣。我不願驚動她,就從街的這邊走過。她的俏麗的側影隔了一條濕淋淋的馬路,慢慢地度過我的視線。

後來,水果攤收起了,大約是阿芳分娩了。這時分,這街便格外地寂寞與冷清了。無論是陰霾的日子,還是晴朗的日子。阿芳的門關起來了。關起來了的門,如同匯入大海的水滴,退進了那一長排列、面目如一的門裡。我竟再也不記得哪一扇才是阿芳的門,如在它啓開的時候,留心一下門楣上的號碼,就好了。可是,偌大的世界上,一個小小的阿芳,又算得上什麼?幾個來回以後,便也淡忘了,習慣了這沒有水果攤的小街。這裡不過是我的一條過路,路的兩頭才是我的生計。而我於這街,也只是過客,那同樣的門裡不同樣的生計於我是隔膜而無關的。

我照樣天天從這裡走過,將這方塊水泥板拼成的路面走了個熟透。臨街的窗戶裡挑出青青的竹竿,晾著衣服,衣角上滴下的冰涼的水珠,都與我稔熟了似地,常常俏皮地落在我的額上。還有的時候，會有五彩的肥皀泡從上面飄落，我會用手掌接過一個，它停在我的手心，好像一個夢似地照耀著我。我以爲這是一個孩子的夢，後來它無聲地破了，在我手心裡留下一點兒滑滑的水跡，可是又有新的，更美麗地飄下，追著我來了。從冬到夏，從秋到春，有陰鬱的日子，也有明朗的日子，這街於我已經熟悉得親切而平淡了。只是有一回，臨街的樓上，忽然落下一朵斷了枝的紫紅的月季，落在我的肩上，又落到我的腳邊。這是一個十級颱風過後的透明的清晨。這時，就好像得了一個消息似地，我想起了阿芳。我想，阿芳該做媽媽了，阿芳的寶寶是男還是女？阿芳大約不會再擺水果攤了吧！

然而，阿芳還是擺水果攤了。很多的同樣的日子以後的一個同樣的傍晚，我忽然看見了阿芳。她依然是劉海兒罩到眼睛，眸子依然明亮，她依然穿了一件紅花的罩衫，依然十分地白皙，安然地守著一個姹紫嫣紅的水果鋪。可是，她懷裡抱了一個白白胖胖的嬰兒，有著和她一樣鮮豔的嘴唇。苗條的阿芳抱了一個白胖胖的娃娃，看上去是那樣惹人喜愛。她似乎並沒認出我，用一般的熱切的聲音招呼：

「買點兒什麼吧？」

我挑了一串香蕉，她將孩子放進門前一輛童車裡，給我稱稱。我看見她的無名指上，多了一枚粗大的赤金的戒指，發出沉甸甸的幽暗的光芒。

從此，這裡又有水果鋪了，又有了阿芳、阿芳的男人，還有阿芳的孩子。阿芳也漸漸地認識了我，或是說記起了我，過往都要招呼，要我買些什麼，或問我昨日的瓜果甜還是不甜。我還可以自由地在那裡賒帳，雖然我從來不賒。

毛頭漸漸地，看不出大似地大了起來；阿芳也漸漸地看不出胖似地胖了起來，卻依然苗條、俏麗，脖子上又多了一條粗重的金項鍊，腕上也有了一串小巧的手鐲。夜晚，將電燈接出門外，燈光下阿芳織毛衣，阿芳的男人看書，阿芳的毛頭在學步車裡學步。攤上的水果四季變化，時常會有些稀奇因而便昂貴的水果，比如芒果，皇后般地躺在眾多的平凡的果子中間。

這一幅樸素而和諧的圖畫，常常使我感動，體驗到一種扎實的人生力量與人生理想，似乎揭示了人生與生活的本源。在那些陰雨綿綿的日子裡，在那些心情煩悶而焦灼的日子裡，看到阿芳，甚至只需阿芳門下的那一盞昏昏的燈，也能使人寧靜許多。

一個夜間，天下著大雨，雨點落在地上，濺出一朵朵的水花。街上幾乎沒有行人，自行車是那樣飛快地掠過，眨眼間不見了蹤影。我走過這裡，阿芳的門前也冷清了，卻還開著門，門裡點著燈。

忽聽有人招呼我，在雨聲裡像是從很遠的地方傳來。轉臉一看，卻原來是阿芳的男人，正站在門口。他說，今日有極好極好的香瓜，不甜不要錢，或者買回吃了再付錢，等等，諸如此類的話。朝他笑一笑，我便收了傘進去。毛頭睡著了，蓋了一條粉紅色的毛巾毯，伸出頭，口裡還含著手指頭。阿芳在看電視，電視裡正播放越劇大獎賽的實況，是一架二十英寸的彩電。屋裡有冰箱、雙缸的洗衣機、吊扇、錄音機，等等。我從筐裡挑好了香瓜，付完了錢，阿芳的男人又邀我坐一坐，避過這陣大雨。

雨，確實下得太大，瓢潑似地。我沒有走，卻也沒坐，站著與他說話。我問他：

「就你們自己住這裡嗎？」

他說是的，姆媽在去年去世了，本來姆媽睡閣樓。

我這才發現閣樓，占了房間的一半位置，木頭的拉門很仔細地漆成奶黃色，靜靜地閉著。

「水果賺頭還好嗎？」

「沒有一定的，」他說，「像去年夏天的西瓜，太多了，天又涼快，價錢一下子壓了下來，蝕了有幾百呢！國營商店蝕得就更多了。」他笑了一下，自我安慰似地。我覺得他雖長得粗壯，眉眼間卻還有一絲文氣，像讀過書的樣子，就問他是做什麼的，他說只不過是車工罷了，插隊回來，頂替姆媽的。

我腦子裡忽然閃過一個念頭，想起很多年以前，從這裡經過，有一扇門裡的邋遢而頹敗的景象。那裡有一個兒子，也有一個母親。或許就是這裡，就是這裡，一定是這裡。我激動起來。阿芳隨著電視裡的賽手在唱〈寶玉哭靈〉，她是那麼沉入，以致竟然沒有在乎我這個陌生人的闖入。我看著她，心裡想著，難道是她拯救了那個頹敗的家？照耀了一個母親和一個兒子的黯淡的生計，並且延續了母與子的宿命與光榮？

可我不知道這裡究竟是不是那裡。這裡的所有的門，都是那樣地相像，緊閉起來時，再分不出你、我、他。我極想證實，卻又不敢證實。我怕我的推測會落空，就像怕自己的夢想會破滅。我很願意這就是那個家，我一心願意事情就是這樣。於是，我決定立刻就走。雨比剛才更大更猛，阿芳的男人極力地留我，連阿芳都回過頭來說道：「坐一會好了。」

可我依然走了。

我逃跑似地跑出阿芳的家，阿芳的燈從門裡幽幽地照了我好一程路。我沒有再回頭。我怕我忍不住會去發問、去證實，這是那麼多餘而愚蠢。我不願這個美麗的故事落空，我要這個美麗的故事在著，與我同在。

就這樣，我自己織就了一個美麗的童話，在陰鬱或者陰雨的日子裡，激勵自己不要灰心。並且，還將這童話一字一句地寫下，願它成為這條無名的小街的一個無名的傳說，在阿芳的毛頭長大的日子和那以後長得無盡的日子裡。

《人民日報》海外版，一九八六年十一月十一日

王安憶主要作品目錄

簡體字版

1.《雨，沙沙沙》（小說集） 百花文藝出版社，一九八一年
2.《黑黑白白》（小說集） 少年兒童出版社，一九八三年
3.《王安憶中短篇小說集》 中國青年出版社，一九八三年
4.《流逝》（小說集） 四川人民出版社，一九八三年
5.《尾聲》（小說集） 四川人民出版社，一九八三年
6.《小鮑莊》（中短篇小說集） 上海文藝出版社，一九八六年
7.《黃河故道人》（長篇小說） 四川文藝出版社，一九八六年
8.《69屆初中生》（長篇小說） 中國青年出版社，一九八六年

9.《母女漫遊美利堅》（遊記） 與茹志鵑合著，上海文藝出版社，一九八六年
10.《蒲公英》（散文集） 上海文藝出版社，一九八八年
11.《海上繁華夢》（小說集） 花城出版社，一九八九年
12.《旅德的故事》（遊記） 江蘇文藝出版社，一九九〇年
13.《流水三十章》（長篇小說） 上海文藝出版社，一九九〇年
14.《神聖祭壇》（小說集） 人民文學出版社，一九九一年
15.《米尼》（長篇小說） 江蘇文藝出版社，一九九二年
16.《故事和講故事》（文學理論集） 浙江文藝出版社，一九九二年
17.《荒山之戀》（小說集） 「跨世紀文叢」，長江文藝出版社，一九九三年
18.《烏托邦詩篇》（中篇小說集） 華藝出版社，一九九四年
19.《紀實與虛構》（長篇小說） 人民文學出版社，一九九四年
20.《父系和母系的神話》（作品集） 浙江文藝出版社，一九九四年
21.《乘火車旅行》（散文集） 中國華僑出版社，一九九四年
22.《長恨歌》（長篇小說） 作家出版社，一九九五年
23.《中國當代作家選集叢書・王安憶》（中短篇小說集） 人民文學出版社，一九九五年

24.《傷心太平洋》（小說集）　華藝出版社，一九九五年

王安憶自選集共六種　作家出版社，一九九六年

25.《王安憶自選集之一．海上繁華夢》

26.《王安憶自選集之二．小城之戀》

27.《王安憶自選集之三．香港的情與愛》

28.《王安憶自選集之四．漂泊的語言》

29.《王安憶自選集之五．米尼》

30.《王安憶自選集之六．長恨歌》

31.《人世的沉浮》（中篇小說集）　文匯出版社，一九九六年

32.《王安憶短篇小說集》　明天出版社，一九九七年

33.《心靈世界》（文學理論集）　復旦大學出版社，一九九七年

34.《姊妹們》（小說自選集）　華夏出版社，一九九七年

35.《重建象牙塔》（散文集）　遠東出版社，一九九七年

36.《屋頂上的童話》（小說集）　山東友誼出版社，一九九七年

37.《一個故事的三種講法》（兒童長篇小說）　明天出版社，一九九七年

38.《獨語》（散文集） 湖南文藝出版社，一九九八年
39.《接近世紀初》（散文集） 浙江文藝出版社，一九九八年
40.《塞上五記》（散文集） 吉林攝影出版社，一九九九年
41.《王安憶散文》（散文集） 華夏出版社，一九九九年
42.《王安憶小說選》（英漢對照） 中國文學出版社，一九九九年
43.《隱居的時代》（中短篇小說集） 上海文藝出版社，一九九九年
44.《我愛比爾》（中篇小說） 南海出版公司，二〇〇〇年
45.《妹頭》（中篇小說） 南海出版公司，二〇〇〇年
46.《男人和女人 女人和城市》（散文集） 雲南人民出版社，二〇〇〇年
47.《崗上的世紀》（小說集） 雲南人民出版社，二〇〇〇年
48.《富萍》（長篇小說） 湖南文藝出版社，二〇〇〇年
49.《剃度》（短篇小說集） 南海出版公司，二〇〇〇年
50.《窗外與窗裡》（散文集） 瀋陽出版社，二〇〇一年一月
51.《69屆初中生》（長篇小說） 北岳文藝出版社，二〇〇一年四月
52.《我讀我看》（散文集） 上海人民出版社，二〇〇一年四月

53.《紀實與虛構》（長篇小說） 人民文學出版社，二〇〇一年六月
54.《窗外與窗裡》（散文集） 廣州出版社，二〇〇一年八月
55.《弟兄們》（中短篇小說集） 中國文聯出版社，二〇〇一年九月
56.《三戀》（中篇小說集） 浙江文藝出版社，二〇〇一年九月
57.《傷心太平洋》（中國小說五十強一九七八～二〇〇〇） 時代文藝出版社，二〇〇一年十月
58.《尋找上海》（散文集） 學林出版社，二〇〇一年十一月
59.《上種紅菱下種藕》（長篇小說） 南海出版公司，二〇〇二年一月
60.《流逝》（中篇小說集）「新經典文庫」，春風文藝出版社，二〇〇二年五月
61.《小鮑莊》（中短篇小說集） 上海文藝出版社，二〇〇二年十月二版
62.《流水三十章》（長篇小說） 上海文藝出版社，二〇〇二年十月二版
63.《隱居的時代》（中短篇小說集） 上海文藝出版社，二〇〇二年十月二版
64.《茜沙窗下》（散文集） 上海文藝出版社，二〇〇二年十月
65.《現代生活》（中短篇小說集） 雲南人民出版社，二〇〇二年
66.《荒山之戀》「拾穗者」，中國當代中篇小說經典文庫，中國文聯出版社，二〇〇三年

繁體字版

1.《雨，沙沙沙》（小說集） 新地出版社，一九八八年
2.《叔叔的故事》（小說集） 業強出版社，一九九一年
3.《逐鹿中街》（小說集） 麥田出版，一九九二年
4.《香港情與愛》（小說集） 麥田出版，一九九四年
5.《紀實與虛構——上海的故事》（長篇小說） 麥田出版，一九九六年
6.《風月——陳凱歌、王安憶的文學電影劇本》 遠流出版，一九九六年
7.《長恨歌》（長篇小說） 麥田出版，一九九六年
8.《憂傷的年代》（小說集） 麥田出版，一九九八年
9.《處女蛋》（小說集） 麥田出版，一九九八年
10.《隱居的時代》（小說集） 麥田出版，一九九九年
11.《獨語》（散文集） 麥田出版，二〇〇〇年
12.《長恨歌》（長篇小說） 麥田出版，二〇〇〇年二版
13.《妹頭》（中篇小說） 麥田出版，二〇〇一年

14.《富萍》（長篇小說） 麥田出版，二〇〇一年

15.《尋找上海》（散文集） 印刻出版公司，二〇〇二年

16.《上種紅菱下種藕》（長篇小說） 一方出版公司，二〇〇二年

17.《香港情與愛》（小說集） 麥田出版，二〇〇二年二版

18.《紀實與虛構——上海的故事》（長篇小說） 麥田出版，二〇〇二年精裝版

19.《剃度》（小說集） 麥田出版，二〇〇二年

20.《我讀我看》（散文集） 一方出版公司，二〇〇二年

21.《小說家的13堂課》（原題《心靈世界》，文學理論集） 印刻出版公司，二〇〇二年

22.《米尼》（長篇小說） 印刻出版公司，二〇〇三年

23.《海上繁華夢》（小說集） 印刻出版公司，二〇〇三年

24.《現代生活》（小說集） 一方出版公司，二〇〇三年

25.《閣樓》（小說集） 印刻出版公司，二〇〇三年

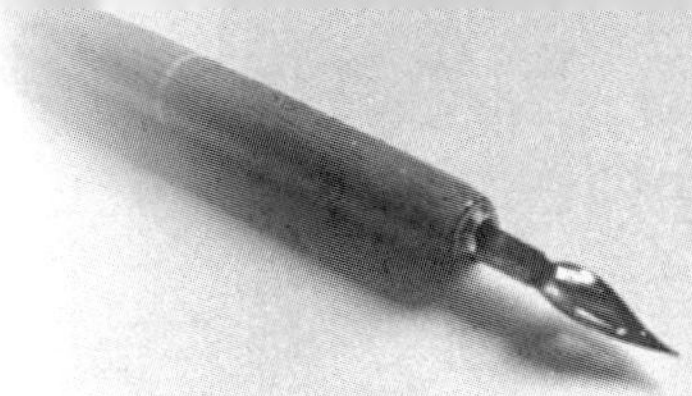

INK PUBLISHING

印刻

深耕文學與生活

劃撥帳號：19000691　成陽出版股份有限公司　掛號另加20元
本書目所列定價如與版權頁有異，以各書版權頁定價為準

文學叢書

1.	吹薩克斯風的革命者	楊　照著	260元
2.	魔術時刻	蘇偉貞著	220元
3.	尋找上海	王安憶著	220元
4.	蟬	林懷民著	220元
5.	鳥人一族	張國立著	200元
6.	蘑菇七種	張　煒著	240元
7.	鞍與筆的影子	張承志著	280元
8.	悠悠家園	韓・黃晳暎著／陳寧寧譯	450元
9.	想我眷村的兄弟們	朱天心著	220元
10.	古都	朱天心著	240元
11.	藤纏樹	藍博洲著	460元
12.	龔鵬程四十自述	龔鵬程著	300元
13.	魚和牠的自行車	陳丹燕著	220元
14.	椿哥	平　路著	150元
15.	何日君再來	平　路著	240元
16.	唐諾推理小說導讀選 I	唐　諾著	240元
17.	唐諾推理小說導讀選 II	唐　諾著	260元
18.	我的N種生活	葛紅兵著	240元
19.	普世戀歌	宋澤萊著	260元
20.	紐約眼	劉大任著	260元
21.	小說家的13堂課	王安憶著	280元
22.	憂鬱的田園	曹文軒著	200元
23.	王考	童偉格著	200元
24.	藍眼睛	林文義著	280元
25.	遠河遠山	張　煒著	200元
26.	迷蝶	廖咸浩著	260元
27.	美麗新世紀	廖咸浩著	220元

28.	台灣原住民族漢語文學選集──詩歌卷	孫大川主編	220元
29.	台灣原住民族漢語文學選集──散文卷(上)	孫大川主編	200元
30.	台灣原住民族漢語文學選集──散文卷(下)	孫大川主編	200元
31.	台灣原住民族漢語文學選集──小說卷(上)	孫大川主編	300元
32.	台灣原住民族漢語文學選集──小說卷(下)	孫大川主編	300元
33.	台灣原住民族漢語文學選集──評論卷(上)	孫大川主編	300元
34.	台灣原住民族漢語文學選集──評論卷(下)	孫大川主編	300元
35.	長袍春秋──李敖的文字世界	曾遊娜、吳創合著	280元
36.	天機	履　彊著	220元
37.	究極無賴	成英姝著	200元
38.	遠方	駱以軍著	290元

世界文學

1.	羅亭	屠格涅夫著	69元
2.	悲慘世界	雨果著	69元
3.	野性的呼喚	傑克・倫敦著	69元
4.	地下室手記	杜斯妥也夫斯基著	69元
5.	少年維特的煩惱	歌德著	69元
6.	黑暗之心	康拉德著	69元

POINT

1.	海洋遊俠──台灣尾的鯨豚	廖鴻基著	240元
2.	追巴黎的女人	蔡淑玲著	200元
3.	52個星期天	黃明堅著	220元
4.	娶太太，還是韓國人為好！?	日・篠原 令著／李芳譯	200元
5.	向某些自己道別	陳樂融著	220元

幸福世界

1.	蜜蜜甜心派──幸福的好滋味	韓・李美愛文／曲慧敏譯	260元

朱西甯 作品集

1.	鐵漿	240元
2.	八二三注	800元
3.	破曉時分	300元

王安憶 作品集

1.	米尼	220元
2.	海上繁華夢	280元
4.	閣樓	220元
	以下陸續出版	
3.	流逝	260元
5.	冷土	260元
6.	傷心太平洋	220元
7.	崗上的世紀	280元

楊　照 作品集

1.	為了詩	200元
2.	我的二十一世紀	220元
3.	在閱讀的密林中	220元
	以下陸續出版	
4.	問題年代	
5.	大愛	
6.	軍旅札記	
7.	給女兒的十二封信	
8.	迷路的詩	
9.	Café Monday	
10.	黯魂	
11.	中國經濟史	
12.	中國人物史	
13.	中國日常生活	

成英姝 作品集

1.	恐怖偶像劇	220元
2.	魔術奇花	240元

INK PUBLISHING
王安憶作品集 4
閣樓

作者 王安憶
總編輯 初安民
責任編輯 高慧瑩
校對 余淑宜 高慧瑩

發行人 張書銘
出版 INK印刻出版有限公司
台北縣中和市中正路800號13樓之3
電話：02-22281626
傳真：02-22281598
e-mail：ink.book@msa.hinet.net
法律顧問 漢全國際法律事務所
林春金律師

總經銷 成陽出版股份有限公司
訂購電話：03-3589000
訂購傳真：03-3581688
http：//www.sudu.cc
郵政劃撥 19000691 成陽出版股份有限公司
印刷 海王印刷事業股份有限公司

出版日期 2003年6月 初版
ISBN 986-7810-51-1
定價 220元

國家圖書館出版品預行編目資料

閣樓／王安憶著.－－初版，－－臺北縣中和市
：INK印刻，2003〔民92〕
面； 公分（王安憶作品集；4）

ISBN 986-7810-51-1（平裝）

857.63 92009683

INK INK INK INK INK INK
INK INK INK INK INK INK INK
INK INK INK INK INK INK
INK INK INK INK INK INK INK
INK INK INK INK INK INK
INK INK INK INK INK INK INK
INK INK INK INK INK INK
INK INK INK INK INK INK INK
INK INK INK INK INK INK
INK INK INK INK INK INK INK
INK INK INK INK INK INK
INK INK INK INK INK INK INK
INK INK INK INK INK INK
INK INK INK INK INK INK INK
INK INK INK INK INK INK
INK INK INK INK INK INK INK
INK INK INK INK INK INK
INK INK INK INK INK INK INK
INK INK INK INK INK INK
INK INK INK INK INK INK INK
INK INK INK INK INK INK
INK INK INK INK INK INK INK
INK INK INK INK INK INK
INK INK INK INK INK INK INK
INK INK INK INK INK INK
INK INK INK INK INK INK INK
INK INK INK INK INK INK